目次

1.

かなわぬ恋の構造

Construction des amours désespérés

井上弘治

1. 追憶の殺人者
あなたとわたしともうひとり
季評／
書評

追憶の殺人者

――『狂った果実』から那珂太郎へ

1

　ひとがひとを殺害するとはいかなる論理のみちびきによるものだろうか。あるいは、ひとがひとである自己を殺害するとはいかなる論理のみちびきを必要とするのだろうか。

　こうしたふるめかしい問いに対する答えは決してあきらかにされることはないし、また、できない。ひとは、その問いの遍在する迷宮という古城のなかで、答えてしまいたいという衝動の出口を前にして、ただ逡巡するのみであろう。かりに現代という断片的な時の遍在する迷宮のなかで、日々象徴的にではあっても、ひとがひとを知らず知らずのうちに殺害しているのだということに対しても明確な解答は得られないであろう。それは、殺害というたんなる事実でさえも、情報あるいは報道として真昼の俎上に乗せなければならない必然的な内面化作用のために、より一層の複雑化をまねいているからである。

ここに、たとえば『狂った果実』（にっかつ・'81）という根岸吉太郎の作品がある。この映画の、主人公哲夫と彼をとりまく暴力的なまでの頽廃と、そして彼に暴力を触発させ、彼を殺人者とする誘引はどこにあるのだろうか。

上京し、昼間はガソリンスタンドで、夜は歌舞伎町あたりの暴力バーで働く、二十才の哲夫が、いわゆる都会風のトンでる女、千加と出会う。千加にいわせると、それは「翔ぶなんてかったるいんじゃない。……ただよっているのだ」ということになる。その千加と、千加をとりまく男たちは原宿あたりを根城にしている学生である。彼らのほとんどがどこかの社長の子息であり、昼夜汗水たらして働き、郷里の母に仕送りする哲夫とはまるで世界のちがう連中である。根岸吉太郎のカメラはそうした二人を、二人の出会いを起点にして、交互に映しだしてゆく。

建築事務所をかまえ、かつてバルセロナでガウディを研究していたという洗練された中年といった義父の「情婦」である千加。暴力バーで働く哲夫と元ボクサーの大沢、そしてその内縁の妻である春恵（『竜二』でもそうであったが、この永島瑛子も実にいい……）――。まさに金と時間とを蕩尽している世界と、その逆の世界との対比が、千加を識ることにより、二つの日常として哲夫の前に出現する。だが、根岸吉太郎は、哲夫の内面も千加の内面も画面のなかにひろおうとはしない。それぞれにあたえられた日常があるだけであり、千加が哲夫にちかづいていったことに対しても、セリフをいうようないい方で、「……きっと、好きだから」といわせているだけである。哲夫の働く店に雪崩込んだ千加と、そのとりまきの学生たちによって店がたたきつぶされ、春恵の胎児が暴力によって堕胎させられた（実はそれ以前にも千加のあどけないいたずらによって、哲夫は昼の職を馘になっている）あとの哲夫の、「どうして……どうしておれにこんなことばかりするんだよ……」というキツモンに対して返されるコトバだ。哲夫は、そしてふたたび千加を強姦する。このあと哲夫は大沢とともに原宿の〝ショットガン〟に乗り込んでいき、乱闘のすえ千加の男ともだちのひとりを殺害する。

この作品では、走ることがあたかも唯一の哲夫の内面であるかのように、繰り返し繰り返し哲夫のジョギング姿が描かれているのだが、まさに走ることによって他者のなかにうまく接点を見い出すことのできない、いなか出の自閉症的な青年の孤独が表出されているように思う。また風のない日々の密室でフェザープレーンのようにただよう千加の自己疎外も対極的に描かれている。千加の日常の、セリフをいうようないいまわしにも、あるいは、「……ホントだろうか……あたしの言葉……」といったいい方にも、ついに自分さえもがすでに自分によって疎外されているのである。

ここでは何も解決されないまま、暴力とセックスによって二つの日常が擦過し、通り過ぎてゆくのであるが、この自己喪失とも見えそうな風景は、しかし「死ぬことがその観念の不可欠の一部である生命」（カール・ケレーニイ）であるような、神話学的な、原初的なある形態としての問いを含んでいるように思える。二つの日常という、二つが、実は統一されたひとつの獲得しえる日常へと至ろうとする、分裂から合体への欲求のなせるわざであるからだろう。

都会、あるいは都市文明のなかにはこのようにして二つの、より複数の日常が呑み込まれているはずであり、遍在した日常が本来の姿にたちかえろうとするときの、極端なかたちでの風景の痙攣《けいれん》が殺害という幻の姿を借りて出現するのである。いずれにしても、それが現象した事実であったのであれば、いつかは解かれなければならない問いであるのだが、この作品の提出した、あえていえば飢餓としての殺人は早急には解決されることはないだろう。なぜなら、愛の方向が、エロスとしての他者をめざすのではなく、疎外された幻としての自己から、幻としての他者をめざしているからである。

さて、わたしはあらためて最初の問いにもどろう。ひとがひとを、あるいはひとである自己を殺害するとはいかなる論理のみちびきに起因するのだろうか。

ここでわたしは「論理のみちびき」といういい方をしているのであるが、殺害の事実へと至る道は、常に「論理」でなければならないと思うからである。たとえば「自意識の過剰」はいうまでもなく「現実に亀裂をもたらす」ものであるが、認識された自意識（家）ではなくとも、ひとはひたすら現実に対して亀裂感をもたされているはずである。なぜなら――と、いいきってしまうことに、わたしは純粋な自己矛盾を感じるのだが――それは、ひとが先験的には、ひとりの殺人者であるからだ。誰しも、ひととともにあることに自己分裂を感じないものはいないだろう。だからこそ殺害という事実の裡《うち》で、どのような激しい衝動につき動かされたものであれ、たとえ病的なと、なざしえるそれであったとしても、一瞬のうちに論理化されるのである。論理とは、すなわち自己正当化への入口であるからであり、それがまた同時に自己疎外の出口であるからだ。

もう残りの時はわづかしかない
すべては宙にうかんだまま
何もすることもなく　また何をしてもよい
アルプレヒト・フアン・デル・クワアレン

名もしらぬ駅で降りると霧深いたそがれ
見もしらぬ町の　うるむガス燈の通りを
二つの塔のある古い門の脇をぬけ
三つに分れる川の鉄飾りの橋をわたり
左へ左へとどこまでも曲っていった
アルプレヒト・フアン・デル・クワアレン
たちまち町は尽きてそれから
貸間札をつけた扉のベルを鳴らしそれから
たまたま借りた部屋では夜ごと何がおこつた?
夢魔との語らひか　死神との象戯《チエス》か
泣くばかりあてやかな素肌の女との色事か
アルプレヒト・フアン・デル・クワアレン
音もなく舞踏する蠟燭の焰のもと
もう残りの時はわづかしかない
すべては宙にうかんだまま

那珂太郎「ロマネスク」(全行)

この作品が形成している追憶にも似た遠い印象は、「名もしらぬ」駅と町の「霧深いたそがれ」と「うるむガス燈」によってもたらされ、それとともに小説の作中人物（作者の注によるとトオマス・マンの作中人物であるらしい）の名前の繰り返しによって、それは一層印象づけられる。そしてほとんど無音であるにもかかわらず、鮮明に描かれる町と目的のない歩行の明確さである。

三浦雅士は、那珂太郎の詩の問題を「ニヒリズムの問題である」とし、次のようにつづける。

　那珂太郎の詩は、時代が不可避的に背負った、いなむしろ人間が不可避的に背負った虚無へのひとつの解答であるとみなすことができる。がしかし、この解答は決して目的をもまた終結をも意味しない。詩人自身がどのように考えようと、この解答は、少なくとも現在においては、ふたたびつねに問いかけとして機能する。

『私という現象』

そして、さらに『メランコリーの水脈』において、現代文学を覆っているもっとも根本的な問題は、人間の生の根拠が失われているという漠とした不安である。（略）この鮮明な恐怖をたとえば簡潔に核兵器による恐怖と述べることができる。核兵器は人類の終焉を、それもあまりにも無意味な終焉をたやすく想像させるものである。無意味な終焉は無意味な持続を示唆する。

『距離の変容』（傍点＝井上）

ただここで注意しなければならないのは、傍点を付したように「たとえば」核なのであって、「人類の無意味な終焉という一度成立した観念は容易に消え去りはしない」（傍点＝井上）のはもちろんであるが、それはすくなくとも「一度成立」したのではなく、ひとが殺人者（＝幻視者）をすでに内部にかかえていることに対する不安の象徴化なのである。だからこそ、それは「核」によって「一度成立した観念」なのではなく、むしろ「核」によって確認された観念なのである。

ともかくも、やはり三浦雅士が『メランコリーの水脈』のなかで繰り返すように、「核兵器を生み出した以上は、人類の時間は追憶に似るほかなく」そして「あらゆる現実は眼前でくりひろげられながらもあたかも思い出のように薄膜を経て生きられ」るしかないのである。たしかに「核」の問題についての意味づけのむずかしさと恐ろしさを、誤解を恐れずにいえば、大いなる非日常であるところのハレの領域での価値をしか持てないということである。そのハレの領域での価値を否定し、ひとびとの視線の位置にひきずりおろすことによってしか、「核の問題」へ迫る導入部は見い出すことができないのではないだろうか。

しかし、わたしたちにはここであらためて確認しなければならない問題がある。それはわたしたちが生誕という事実を境にした、子宮内部の数カ月と、それ以後の数年の間、回想（＝追憶）を不可能にする思い出の暗部を過《へ》てくるということである。もちろん、その固有性の領域で多少の差異は認められるであろうが、最初の陽光の記憶までの不安な存在を生きているといっていいだろう。まさに、存在せざる存在の時代といえる。だが、その不在はあらゆる外部の光によって闇として支えられている……、はたして、わたしたちは自ら選択することなく生かされていたといっていい。またわたしたちはある日、強靭な、日常という光の前に立たされ、あらゆる手続を経て、意味づけされ、幾重にも幾重にもかさなった鏡張りの現実の中に立たされ、そしてまたある日、わたしたちはもうひとつの闇への時の繭を紡いでいる自分を感知する。それは、衝撃である。ところが、そのためにわたしたちが壊れてしまう、ということはない。なぜなら、わたしたちがもともと、幻想を生きるという仮死をあらかじめ経験しているからである。

あらゆる意味で、対象としての自己が、自らである自分自身の幻想によって、真に支えきれない何ものかに変容してしまったとき、ひとはそのガランとした間隙を何によって埋めようとするのだろうか。「人間が心に愛そうと思う願いをもちつつしかも実体として愛する何ものをも持ち得ぬのだという邪悪の思いと、その思いをつつむ『疱瘡』のようにむっくり吹き出している春の狂気と頽唐とが、そこに思念されていることだけはいえるように思う」（村上一郎・『萩原朔太郎ノート』）いいまわしに多少の難解さはあるが、この村上一郎の文章には、朔太郎を論じつつも、いや、それにもまして、この「春の狂気」である現代を表現しているのだといっても過言ではあるまい。

ひとは原初的に、母なる無垢を求め、ひとを愛さねばならぬよう決定されている。それと同時に、ひとはひと自身の場処である自己へも最大級の愛を向けているはずであって、その愛の方向が、何かの作用によって突然遮断されようとするとき、あるいはそれを予感したとき、わたしたちは対象喪失によるメランコリーを生きねばならないことになる。

わたしたちが、生誕し、そののちあらゆる意味の断片によって意味づけられ、獲得した断片を生きつづけることが生きられるということなのであって、「核」の問題は、その生きられるという意味の断片を、むしろ体系化することによって、「死」を無意味に自覚させられてしまうのである。いいかえれば、生かされてあるのだという受動的な恐怖を体験させられるのだと、いっていいだろう。

2

何者かの見えない手によって、生かされてあるのだという受動的な不安。それはまた、物と自身との距離への不安であるのだともいいかえられるだろう。科学技術の急速な発達とともに、物は見えないいくつもの手の作用を通ってわたしたちの眼前に出現する。同時に、わたしたちの日常を支配している消費への激しい渇望は、わたしたちの眼前から、確かな物の形式を剥奪してゆこうとする。その無名の距離への不安は、いつの日にか、わたしたちをその無名性によって、自己と非自己との静止的で、幻想的な距離をも破壊しかねないだろう。

このところ、文学の危機、詩の危機がまるで合言葉のようにしてささやきかわされている。だが、もともと、文学も詩も、ある意味では人間の危機に対する免疫性を持たされているのであるが、その危機感が、ともすれば奇異なひびきさえともなうのは、わたしたちが知らず知らずのうちに、その免疫性の内部を語ってしまっているという、逆説によるからだ。つまり、ここでも言語への激しい距離の不安が成立してしまっているのである。

核の発見は、世界の意味性に変化をもたらすと同時に、人間の内面にも変化をもたらしたといっていいだろう。

たとえば、文学の世界でのノン・フィクションの流行。もっと別のいいかたをすれば、人間の記憶へのテクノロジーの介入をいえばわかりやすい。ひとはもともと記録（＝記憶）への執着によって、現在を生きている。そして、それが断片的な記憶の断片であるからこそ、その内面は現在の不安を見、分析できるのであり、ひとたび何らかの手段によって体系の呪縛を受けてしまえば、生きられる現在から逃避しなければならないという欲求に駆られるはずである。

その逃避の様態が、いかなるかたちで表現されるのか、わたしにはわからない。もちろん、過去の不幸な体験をなんらかのかたちで記録にとどめ、その不幸を繰り返さない、といった記憶のしかたもあろうが、それであってさえも、散乱し、点在する断片であったがゆえに、生きられるのではないだろうか。

テクノロジーの人間の記憶への介入——、これはあきらかに核の発見によって、ひとびとがより一層、記録（＝記憶）に執着しはじめたのであるといっても過言ではあるまい。

写真技術の発達によって、多くの父親が自分の子どもの姿をカメラに収めるようになり、多くの恋人たちがたがいの相手を、写真の中に収めようとする。あるいはビデオの普及によって、ひとは、あたかも散在する時間を征服したかのような錯覚に落ちいる。あるいは、コンピューターの発達があらゆる記録を体系化しようとする。まるで、現代文明が追憶しようとする主体を、消失させようと意図しているかのようである。父親や恋人たちは、むしろ嬉々としてシャッターを押す。誰が、その背後に不安の影を見るだろうか……。しかし、誰が現在が不安だから記録として記憶しているのだということを否定しえようか。

最初の、「夢」の発見者は、それを夢と思ったのではなく、眠りの体験だと思ったにちがいないのである。

むらさきの脳髄の
瑪瑙のうつくしい断面はなく
ゆらゆらゆれる

ゆめの繭　憂愁の繭
けむりの糸のゆらめくもつれの
ももももももももも
裳も藻も腿も桃も
もがきからみもぎれよぢれ
とけゆく透明の
鴇《とき》いろのとき
よあけの羊水
にひたされた不定型のいのち
のくらい襞にびっしり
ひかる〈無〉の卵
がエロチックに蠢く
ぎらら
ぐび
る
ぴりれ

鱗粉の銀の砂のながれの
泥のまどろみの
死に刺繍された思念のさなぎの
ただよふ
レモンのにほひ臓物のにほひ
とつぜん噴出する
トパアズの　鴇いろの
みどりの　むらさきの
とほい時の都市の塔の
裂かれた空のさけび
うまれるまへにうしなはれる
みえない未来の記憶の
血の花火の

那珂太郎『繭』（全行）

詩作品を読もうとする場合、わたしたちはどうしても、ひとつの迷宮巡りを体験することを強いられる。それは、おそらくすぐれた作品のいくつかは、作者と言語との重層的な距離のなかにあり、そして、あきらかに作品であろうとすることによって、作者自身を呪っているからである。したがって、ここでは、その作者と作品とがダイナミックに形成することになる迷宮を巡ることを拒絶し、ひとつの試みとしての読みを提出しようと思う。

「表現されたものにどれだけの意味があろうとあるまいと、それは問題ではなく、表現せんとするものへの切なる哀惜の情が、詩といふものを生んだのだ」といい、「外部を見るとは、自分を見るといふことだから」とつづけ、「人間といふ人間が、物といふ物が、すべて宙に浮いた、全く奇体な、絵模様にしか見えなくなる」という詩人にとって、詩集『音楽』は必然の結果であったのかもしれない。

とりわけ、「作品A」「作品B」「作品C」と名づけられた詩篇においては、あたかも楔を打つように置いた、助詞「の」の効果的な使い方によって、記憶の断片としてのことばのひとつひとつが、もうひとつの別の、あえていえば宇宙的な現存としての記憶を呼び起こす。それを「愛を裏づけるものが自ら克服した虚無」と指摘した清岡卓行のいい方にいいかえてもいい。

ところで、その「虚無」へ向かう方向性と根拠が如実に示されているのが、『繭』という作品である。

「むらさきの脳髄の／瑪瑙のうつくしい断面はなく／ゆらゆらゆれる／ゆめの繭　憂愁の繭」という、いかにも始原の、手の届かないはるかな場処でゆれる繭のイメイジ。たとえば、前述した子宮内部での、逆に死を思う場処での――、あたえられた繭を紡ぐように生きねばならぬ生の、不可知の存在のイメイジ、あるいは、これは女性の微妙な筋肉の、官能にちかい収縮であろうか。次には、「もももも……」「裳も藻も腿も桃も」というように、発音もイメイジも異なる「も」の連鎖によって、それを強調しようとする。この、女性の肉体にあらわれる筋肉の微妙な蠢動の様を想起させるようなエロチズムによって、遠く、東洋的な幽玄のゆらめくかなたへ翔け昇ってゆくことも、また可能であろう。かつて唐の詩人が使ったという意味での、無限の静寂を形式に移行させるという、幽玄の、あの、涅槃《ニルヴァーナ》へ辿ってゆき、それが、いわゆる「現実は夢である」といった、現実の喪失感にまで向かわせるのである。いや、むしろここでは、「夢は現実である」と、いいなおした方がより適確であろう。

そして、そのエロチズムの発動が、子宮内部での胎児という自己の本質を保護する「よあけの羊水／にひたされた不定型のいのち」なのであり、「死に刺繍された思念のさなぎ」（これもまた、保護された本質である）を超越した、「うまれるまへにうしなはれる／みえない未来の記憶」なのである。

『現代詩文庫16・那珂太郎詩集』の裏表紙に、こんな象徴的な記述がある。「幼少時をすごした町はすべて戦争中の空襲で焼失し、人の記憶にあるほか、もはやこの世に存在しない」。

これを那珂太郎本人が記述したものかどうかは、定かではない。しかし、「人の記憶にあるほか」といったいい方には、那珂太郎自身の哀切な祈りのことばであるかのようにも思える。この、「人の記憶にあるほか」といういい方の妙になまなましいひびきは何であろうか。作品『繭』には現在がない。と同時に不在の現在をありありと思いうかべることができる。

この作品を、もうすこし注意深く読んでいこう。そうすることでまずひっかかるのは、「血の花火の」という一行である。この「血の花火」とはいったい何を意味するのであろうか――。実は、この詩句こそが、作品『繭』を支えている柱の一行なのである。

なぜなら「とほい時の都市の塔の」と「裂かれた空のさけび」で性の具体的な交渉がすすめられ、「うまれるまへにうしなはれる」とは、その交渉をつづけている、男と女との記憶なのである。そして、「血の花火」という処女性の契りのなかから、最後の

「の」によって、場面はひとつの回帰を示す。つまり、最初の「むらさきの脳髄の」に戻ってゆく。おそらくその脳髄の襞には、様々の記憶の断片がたたみ込まれている。それが「ひかる〈無〉の卵」を生むにちがいない温床なのだろう。だがそれさえも、ひとたび現在を生きるという意志の体系化を与えられることによって、「うまれるまへにうしなはれる」、虚無の宇宙的な開放感と喪失感との一体になった場処へと消失してゆかざるをえない。

そうして、最終句と最前句とが呪文のように繰り返されるとき、あるいは生きるということの自明性を附与された「不定型のいのち」である「繭」は、「みえない未来」の「記憶」のうちへと紡がれてゆくのである。

那珂太郎は、その形而上的な自己史（もちろん、彼のなかではもともと自己史などという形而下の問題は存在したことはないのだが……）を語る文章のなかで、「人間とは、徹底して省みれば、何もすることはできぬ、と同時に、何もしないでゐるといふこともできぬ、奇妙ないきものだ」（『径』1948年3月）と、いう。この徹底したニヒリズムをつちかってきたものが、どこにあるのかと問えば、あらためて繰り返すまでもないが、それは彼の生まれ育った、焼失した町の記憶がそうさせるのである。もはや、それは町という現実の姿を喪失し、あたかも、記憶が町であったかのような、倒錯した場処なのである。だからといって、戦争を憎悪するといった短絡的な「径」を、彼は決してとらない。むしろその記憶の断片を、追憶のうちに殺害しようとする、追憶の殺人者なのである。

先に引いたように、「核兵器を生み出した以上は、人類の時間は追憶に似るほかなく」（三浦雅士『メランコリーの水脈』）そして「あらゆる現実は眼前でくりひろげられながらもあたかも思い出のように薄膜を経て生きられ」（同前）るしかない。だが、わたしがここでいいたいのは、わたしたちをひとりの追憶の殺人者にしたてあげようとすることだ。たしかに、わたしたちは「核」の創造によって、またテクノロジーの発達によって不安を顕在化させた。と同時に、その不安を、不安ゆえに体系化させようとしている。

たとい不安が子供を不安がらせるにしても、しかも不安はその甘い不安の悩みをもって子供の心を捉えているのである。精神の夢想状態としての子供じみたものを保持している一切の民族のもとには、かかる不安がある、そうしてその不安が深ければ深いほど、それだけまたその民族は深いのである。そういうのは病的症状だと考える如きは、散文的な愚鈍でしかない。

キェルケゴール『不安の概念』(斎藤信治訳)

不安の深みへ降りたとうとするとき、ひとは、その寸前で逃避する。体系化されたことによって、しばしの安息を得ようとするかのようにだ。おそらくほんとうに危険なのは、「核」の発見が、その体系化の作業にすくなからず寄与していることだ。

映画『狂った果実』のなかで、哲夫は、自身の目の前にくりひろげられる現実から逃げることができないでいる。彼は、彼自身の追憶を自らの肉体をもって破壊するしか術がなかったのだ。

あなたとわたしともうひとり

——他者論への《覚書》

この《覚書》風のエッセイを書くことになったそもそものきっかけは、現在わたしが所属している詩誌ＳＣＯＰＥ15号（'85・9）誌上の座談会『メディアの思想と詩の変容』（北川透・瀬尾育生・添田馨・野沢啓・井上弘治）のなかでのわたしの発言に端を発しているらしい。もちろんこのなかで言ったことは、座談会という一つの場面を契機に対話者とのやりとりからみちびきだされているので、わたし自身の発話としての独自性において、現時点では、多少なりとも修正し敷衍されるべき必然性を感じないでもないが、その座談中、〈他者〉の問題にかかわる部分のおおよその内容は次のようなことだったろうと思う。

それは、「戦後詩の終焉」というテーマをめぐってなされた話の展開のなかで、その論拠は異にしつつも、北川・瀬尾・野沢の三氏はだいたいのところでは「戦後詩は終わったんだ」とする一致した意見を提出した。それに対して、わたしは別の視点から、いわゆる「戦後詩」は詩作品としての表出史のなかでは終わったとはいいきれそうもないのだという異議をとなえているのだ。その、わたしの提出した「別の視点」というのは、「戦後詩」があるときに否応もなくかかえざるをえなかった〈他者〉という倫理の問題であるとし、次のように発言している。

それまでは他者というんじゃなくて、自分と現実というか、朔太郎にしても国家とか考えたんじゃないかと思うんですけどね、そうじゃなくて〈他者〉という問題が戦後詩のなかではじめて理論として浮きあがってきたんじゃないかと思うんですけども、（…略…）そのなかでそういう他者の概念というのはまだ絶対的に解決されていないんじゃないかと思うんだよね。つまり他人が飢えるというのをはじめて知ったわけだよね、戦後になって。（…略…）それがある種の戦後詩の理論の流れじゃないか、っていう気がするんですけどね。……

ここに引いた部分だけを読んでもわかるように、この場面でわたしはかなり直感的な言い方をしていると思われるのだが、未解決のままの〈他者〉の概念を現代詩がそのままひきずってきているのだという考え方にかわりはない。ただわたし自身にしても、「戦後詩」と称されるものの成果のなかで作品を書いているわけではないし、ましてや「戦後詩」の検証をふまえて現代詩の方法を読み直そうなどと思ったことはなかったように思われる。とはいうものの現在おびただしいまでに書きつがれている現代詩を読もうとするとき、〈他者〉という概念に様々な角度から出会わざるをえなかったのである。そして、そのぼんやりとした像を結ぶ光源が「戦後詩」と称される作品の彼方から発しているのではなかったのかという疑問を持ったのであり、「戦後詩」と現代詩とを分かつターニングポイントをつかまえるためには、〈他者〉の概念の変節と変容とにまつわる物語りを捉えなおさなければ、現在のおかれている詩の意味は破水されてしまうのではないかと思われたのである。

だが、わたしは先の発言のなかで明らかな言い誤りをしている。「つまり他人が飢えるというのをはじめて知った」と言っている箇所は、そうではなく、むしろ「他人も飢える」のだという風に言いなおした方が、発言の主旨はより明確になってくるように思う。「戦後詩」にとって、喪うべくして喪ったみずからのアイデンティティは、「〈他人（＝他者）〉も」という、喪われた「わたし」にとってのかけがえのない延長線上としての

〈他者〉をみいだすことによって獲得されたのであった。

しかしそれは〈他者〉の死を通してしか現実化しえない領域での自己同一化だったのである。獲得したアイデンティティが〈他者〉の死という現実を生者の側から捨象していった象徴的な〈死〉がなければ得ることができなかったという、罪障感をも同時に持たなければならなかったのである。その意味では、すこぶる倫理的な理論の導入部が必要となる。

したがって、わたしたちは「戦後詩」に〈死〉という断絶した時間をかかえこんだ〈他者〉を根拠とした「わたし」を読まなければならない。

友よ
きみはとおくからぼくを見まもっている
そして　ぼくと逆のイメジを抱いている
ぼくの明日は
きみの小さな記憶の孔のなかに吸いこまれ
昨日の道となっている
ぼくの空は　そのままきみの地上となっている

友よ
ぼくたちが出会う場所は
何処にもないのだ
ぼくたちが　さらに遠くの世界に眼をやるとき
大いなる真昼はたちまち翳り
太陽は　また沈黙する

（鮎川信夫「もしも明日があるなら」）

友へ呼びかけるこの哀切なひびき――、その哀切さとともに、ここには「ぼく」自身のたしかな足どりを感じる。たしかに、「きみ」と「ぼく」には共有する「道」も「出会う場所」もなく、「太陽」さえも遠くを見やろうとする意志の地平では「沈黙」してしまう。しかし「ぼく」は、「きみ」が「ぼくと逆のイメジを抱いている」という揺るぎない前提を持っている。

その前提は〈死〉によって理由づけられているのにもかかわらず、この詩には暗く澱んだ断絶や断念ではなく、むしろ逆に明るく澄んだ鮮烈な自己証明が歌われているのではないか。「きみ」と「ぼく」との往還を歌うことにおいてこそ〈死者〉を〈他者〉に持った「ぼく」のアイデンティティがある。だからこそ「友よ」という呼びかけが哀切なのであり、決して友が死んでしまったという事実に対して呼びおこされた哀切さなのではない。

他者も飢えるし、他者も愛するし、そして他者も死ぬ。この自明の論理を、「戦後詩」は〈他者〉の死との共時性のうちに獲得したのではなかったのだろうか。したがってここで発見されたもう一人の〈他者〉、すなわち「飢え」「愛し」そして「死」の恐怖を現実の眼差しのなかで共有しあわなければならない他者に対するときには、求めあおうとすることによって得ようとする自己同一性は、激しいばかりの自己処罰のうちに空洞（虚無）化されてしまう。

だが昨日の雨は
いつまでもおれたちのひき裂かれた心と
ほてった肉体のあいだの
空虚なメランコリイの谷間にふりつづいている
おれたちはおれたちの神を

おれたちのベッドのなかで締め殺してしまったのだろうか
おまえはおれの責任について
おれはおまえの責任について考えている

（鮎川信夫「繋船ホテルの朝の歌」）

それはあたかも求めあった瞬間に先験的な断念がはたらきはじめたかのように、なんの説明もなくおとずれる。なぜ、「おれたちのひき裂かれた心」なのだろうか。なぜ「昨日の雨」は「ほてった肉体のあいだの／空虚なメランコリイの谷間にふりつづいて」いるのだろうか。窓の風景さえも「額縁のなかに嵌めこまれ」てしまった無表情な「朝」の風景になってしまう。「夜にならなければ／この倦怠の街の全景を／うまく抱擁することができない」のだ。

〈死者（＝他者）〉との往還のなかではあれ程までも明るい同一性を歌えたはずであったのに……。

おれには堀割のそばに立っている人影が
胸をえぐられ

永遠に吠えることのない狼に見えてくる

（同・最終三行）

唯一、「おれ」自身を投射し、同一化できるのは自分自身の影の変身である「胸をえぐられ」た「狼」、空虚を胸にたくわえることではじめて成立する、みずからの〈他者〉の像でしかないのだ。

ことばはもともと〈他者〉を内在している。〈他者〉そのものであるといいきってしまいたい衝動に駆られる程、〈他者〉的である。

わたしたちは解読されないままの様々な〈他者〉を内側と外側にかかえざるをえない両義性に生かされているのだし、ひとたびそのバランスを崩してしまえば、それらの他者と名ざされた何者かによってたちまち異化されてしまう。だから、詩が困難であるか困難でないかなどという「詩の内部」からなされる自問は、その生が困難であるか困難でないかと問うことと似ているのかもしれない。

ことばが人間の意識の地平線を切り開いて行くということの、まだ足を踏み入れたことのない領域の存在をわたしは信じている。ことばになったところが明かされたというなら、その明るみに向っている。走光性の自分にとって、まだまだ自分が暗い所にいるのがわかってしまって、憂鬱な気分になってしまう。もう少しは明るい場所に出ていてもいいようなものなのに、ちっとも歩みが進んでいない。意識として、「ますます暗闇は濃くなっている」といってしまえば楽な気持になれそうなのに、そんなことはいえない。

（鈴木志郎康「詩は憂鬱に騒いでいる」）

『いま、詩を書くということ』という、鈴木志郎康の状況論集ともいうべき評論集の一節を引用したのだが、60年・70年そして80年代の詩のシーンを、様々な変節をもって威風堂々と走り来た感のある鈴木志郎康にしても、こんな風に書かざるをえない。「まだ足を踏み入れたことのない領域の存在」を信じていると言っている「わたし」も、その同じ時間の軸を逆転させると、「まだまだ自分が暗い所にいる」のが、信じるということによって一層「憂鬱な気分」にさせられてしまう。そして、鈴木志郎康はこれにつづけて、「詩集は、マッチ売りの少女の一本一本のマッチみたいに、……」という風に喩え、「自分がマッチを擦っているつもりでいたが、わたしの生命が実はマッチ棒だったと最近ではわかりかけて来た気にもなっている。そうすると、わたしというマッチ棒を擦っている少女とは一体何者なのだろうか」と自問する。そして、その上でなお自分をロボットであると見立てたらむしろ気分はサッパリとするのではないかとまで思い、そう見立てる心に「たまらない口惜しさ」を感じる。そうした「感情の現象」に「主体の実在性を証明」する糸口をみいだそうとする。

　わたしは先に、わたしたちが、解読されないままの様々な〈他者〉を内側と外側にかかえていると言ったが、それはむろん他者およびそれが隔てられた自己を幻想の領域においてみようとしているためではない。そうではなく、この「感情の現象」として立ちあがってくる非自己・非他者としてのもうひとつの〈他者〉の存在があるのだという意味で言ったのである。この〈他者〉こそ自己（＝主体）でもなくまた他者でもない。いうなれば自己の実在性を証明しうる領域でのカッコを付した他者ではないのかと思う。鈴木志郎康のいう「戦場にごろごろと放置されたままの、あるいはまた原爆や焼夷弾でやられた被災地に転っている死体の写真を見たときの、この死体に自分をなぞらえたときの口惜しさ」（傍点＝井上）なのである。

行った

無くなっていた
人が所有する木造の建物だった
その中で
わたしたちは暮らしていた
行きようもない
そこへ
行った

おなじく鈴木志郎康の『二つの旅』という詩集に収められた「西の旅」の冒頭の一節である。この『二つの旅』は「西の旅」「東の旅」と題された二篇の作品によって成り立っている。「あとがき」のなかで詩人自身が書いているように「記憶」をもとに展開された詩集である。

「西の旅」では、かつて強いられて「その人」とともに暮らし別れることになる広島での記憶が呼び起こされる。過去の自分と、かつては「移らされて住んでいた場所」であったにもかかわらず「帰るところ」と信じ切っていた「その人」との回想を、旅する現在のことばによって組み伏せようとする。あくまでも現在を主体のある場所として設定し、記憶のなかの様々な「わたし」を証明し認定しようとするのだが、「いつも記憶が語られる街になってしまった／ヒロシマ」において、記憶を呼び起こそうとする行為に羞恥する。その場所が「ヒロシマ」であることによって、この作品の構造を複雑にする。「行った／無くなっていた」。行くことですでに無い場所に、ふたたび行こうとする。だから「行きようもない／そこへ／行った」のであり、「S先生の影絵芝居」がここで象徴的に語られているのはそのためなのだろう。

あの人の影であり、被爆者たちの影であり、わたしの影であり、それらの光点で「バアーバアーと光る」あの人の男であるかもしれない「白色のスクリーン」。そしてそれらの光点で影を喪失している、「自分の記憶に残っていない自分の存在」。あの人の男であった自分と、もうひとりのあの人の男であった男が白く融けあっているようだ。

記憶を語り、たぐりよせながら詩人は「わたしは自分をひとりの同じ自分としている」のだ。

あッ　来た
来ないのかと思った
来ているけど来ていない

そのことが
さびしい

誰が、「来ているけど来ていない」のだろうか。記憶を呼び起こしている主語としての「わたし」のことだろうか。それとも「あの人」とともに暮らした過去の時間だろうか——。いずれにしても、「来ていない」という空白にはちがいない。ことばは〈他者〉を内在している。ことばは現在に帰納する。それは記憶をたどろうとする「時間」をそこで塞き止めてしまう〈他者〉の像を呼び込んでしまうからなのではないのだろうか。

内部という神話が崩れてひさしい。自己解体は外部が内部を浸蝕することによって引き起こされたものとされている。だが、それは内部が常に外部に晒されているのだというささやかな認識の所産にすぎない。そう信じ込むことは、曲がりなりにも外部と内部との間を分割する境界の在り処を確認することができるという安心感のようなものがそうさせるのであり、言い換えるなら、外部に対する畏怖が内部神話を崩壊させるのだといっても言い過ぎではあるまい。もちろんそのことは内と外と、相乗関係によって実現されたのであるし、いうまでもなくはじめから内と外とが存在したのでもない。

たとえば、『朝日新聞』の最近のコラムで、松岡正剛が「『手前』という言葉をテマエと読めば自分のことになり、語気を強めてテメエと言えば相手をさすことになる奇妙」を、ジャパネスク（＝日本的様式）ということばをめぐって書いていたが、そうしたことは「ジブン」などということばの使い方に関しても、「ジブン」が自分とともに相手のこともさすことばとして使われるようになったり、あげてゆけばかなりの数にのぼるだろうと思われる。こうしたことを単なることばの逆転現象とか、ことばの乱れといってしまってもいいのだが、この人称の不明瞭性は内部の外部へのあふれを意味しているのではないだろうか……。内部神話の崩壊は外部が内部を浸蝕することによってもたらされたのではなく、実は、内部が外部へあふれ出すことによって徐々にすすめられたのである。

まず死者が棚を濡らしてすぎていった。
旗のなかで（おそらく蒼白の）
わたしが把握する、主題。そののち
（おそらく魚らのたぐいの）唇を突出していった。

（残るものの至福としての
ながい架空が内向した）
（稲川方人『償われた者の伝記のために』）

この詩集について、佐々木幹郎は「言葉によって言葉を追い求める以外現実感がないという、外界の喪失ともいうべき病い」という。まさにそのとおりであろう。だが、稲川方人は当初から「外界」など持ちあわせていなかったのではないだろうか。「数個の／母の分裂を浄めることへの／執着」。このエピグラフに惑わされ、わたしたちは安易に「外界」などとくちばしってしまう。稲川方人にあるのはただあまりにも過剰な「内部」なのである。その過剰な内部のあふれを「まず」「死者」に仮託したのであり、その仮託しえた内部を語ることが「主題」として「把握」される。そして「死者」に仮託されたことばは、そのあふれだそうとする内部に寄り添うことが可能になるのである。そうでなければ、このあやうい均衡のうちにただよっていることばはただの他人として、そしらぬ表情のまま通りすぎてしまうだろう。

「この〈わたしの架空〉は溺者の／まさしく溺死の豊饒に表現された。」（傍点＝井上）というように、豊饒な〈他者〉の死後によって表現される。この〈架空〉をこそ、架空のまま性急に「閉じ」ようとするし「閉じ」ようとすることは「至福」に満ちている。「数個の／母の分裂を浄めることへの／執着」これをエピグラフとして掲げ、なお最終行において閉じようとする。「母」は、つまり内部にあるからであり、それは「数個」に分節化され、そして「分裂」した内部なのである。それらを「浄める」ということは、病むこと「死ねるだけの高さ」を、そして「仮死」を仮構することを前提としたのである。

時を創る力
——阿部岩夫『月の人』

時間とはいったいどこにあるのだろうか。

たとえばそれは物語りのなかにある。物語りは時間を垂直に消してゆくことによって成立している。とりわけすぐれた物語りは、世界〈＝現実〉時間の外部にあらたな時間を創りだすことでその物語りの全体が支えられている。物語りあるいは物語られることは、わたしたちが親しんできた線的な時間の概念を逸脱することにおいて伝承されてきたのであろうし、そのことによってわたしたちは現実にたちもどることができるのである。

時間の線的な概念は、すでに概念ではなくわたしたちの日常の行動と思考の全てを支配しているのだといってもいいだろう。だからこそわたしたちは物語りと物語られることを常に渇望し、商品として流通しているのである。なぜ人々はこれほどまでも物語りを渇望するのであろうか。それはいってみれば、時間の線的概念に対する違和である。時間は、仮りの「今」を中心点として、自意識の目指すある終点まで向かう直線として描かれる。左に向かえばそれは「過去」と呼ばれ、右へ向かえば「未来」と呼ばれるものがそれである。ところが、実はそう呼ばれる二つのものはわたしたちの自意識が現在へ呼び込まなければ存在しない何かなのである。何かであるかぎり、当然それはイデアとしてしか存在していない。過去も未来も自意識が意識的に知覚しなければその人にとっては存在しない時間であるといえる。その人にあるのは、ただ単にその人を支配している今現在という「実感」でしかありえない。

しかしこの「今現在」とはそれほどやすやすと実感できるものなのだろうか。わたしたちの実感は知覚という媒介を必要とするようにできている。

人々が物語りを欲するのは、物語りがイデアとしての二つの時間（過去と未来）を今現在というイデアに転化してみせているからなのである。そこに創造された今現在という時間の実感があるからなのである。しかしそのことはあくまでもわたしたちを制度的に支配している線的な時間の概念が物語りに寄り添っているということにすぎない。いい方をかえれば、物語りは制度化された時間の概念によって成立しているのだというパラドクスに陥る危険性をかくしている。

詩のこころみの一つは、時間を創造することにある。

春雪の朝、きみもまた輝く塵となって、
宇宙の外がわに消えてゆくのですね。引返すこともできないきみの身体に深くわけ
入って、わたしは消滅してゆくのです。
笑いは老いぬ精子のごとく時間のつぎ目を切りひらいて、狂気を吸い昨日よりほん
の少し静かにして、やせた心を破いてゆくのです。

（阿部岩夫『月の人』第一連）

そう、きみは頭を大きく後の方へ倒して、絶頂感にゆがんだとき陰門が徐々にひら
いて、紫色の赤児のわたしが風船のようにふくらみ羊膜のまま出てきたのです。

（同前・最終三行）

阿部岩夫の詩集『月の人』の表題作から部分的に引用した。この詩集の全篇は「少女」との不可能性をはらんだ性愛を対象としたエロチシズムを描くといった方法で成立

しているのだが、この表題作には「少女」が出現しない。あるいは隠された「少女」がイメージされる仕掛けになっている。しかしこの傍点を付して「きみ」と呼びかけているのは、過去と未来という時間である。別のいい方でいえば、イデアとしての母であるしイデアとしての「わたし」である。ここには過去も未来も同時に存在する「今」だけがある。「きみもまた輝く塵となって、」という「きみ」を「過去と未来」と置き換えてみてもらえばいい。だからこそ「きみも」なのであり、「わたしは消滅」(傍点＝井上)してゆくのである。「きみも」(「も」傍点＝井上)は当然「わたし」に所有されているのである。したがってこの「消滅」は、「わたし」と「わたし」の所有した時間の全てを「今」という実感された時間とともに消滅させようとしている。それはイデアとしての母的な時間に帰納することによって成立しているのだといってもいいだろう。

「笑いは老いぬ精子のごとく時間のつぎ目を切りひらいて、」という詩人にとって、時間は線的な制度としての時間ではなく、母的なあるいは未明の新鮮な創造された時間である。追憶すること、未来を夢みることの外側にある、創られた「時」の無の風景である。「二篇の風景が汗をかいて／死に染まる一瞬が訪れたとき／わたしは死をさがす幽霊になった」(『二篇の風景』)。わたしたちは、過去と未来というこの二篇の風景によって幻の「今」を生かされている。そのことは、わたしたちの「今」がどのように捏造された「今」なのかわからない。

詩人は「死をさがす幽霊になった」といっている。しかしその「死」をわたしたちは無意識に「生」といい換えているのかもしれない。

過ぎゆく恋愛

――金子千佳『婚約』

恋愛は他者をあるいは社会を排除することによってはじまる。そのことは誤解をおそれずにいえば、それだけで反社会的な感情のかたちなのだといっていいかもしれない。しかし恋愛は、他者を排除しつつも、実は自身のなかに目覚めてゆく他者を発見することでもある。

他者を知ることの困難は、純粋に恋愛することの困難にも通じている。しかも恋愛がもっているある種のうしろめたさは、この内部の他者との遭遇にかかわる問題として発生してくる。ときとして恋愛が混乱そして失意をも招きかねないのは、それは発見された内部の他者との確執による混乱であり、自己のうちに潜んでいた他者に対する幻滅であったりもする。

それにもかかわらずわたしたちは他者を知ろうとし、なおかつその他者とともに過ごし、ときには愛そうともする。そもそもわたしたちの感情の内部には「愛そう」とする意思が先験的にそなわっているのだといえよう。

したがって、多くの恋愛詩は、「あなた」あるいは「きみ」などの二人称を呼び込むことによって作品を成立させようとしている。

この金子千佳の『婚約』という詩集に収められている作品は、しかしいわゆる恋愛詩という形式をとってはいない。むしろ恋愛詩を拒否しようとするかのようだ。それではなぜあえて「婚約」なのだろうか。

何者もとどかない
ここにいて
ともにことばを営むひとよ
たくす、という仕業
それは婚約の名前だったか

（「夏彦」部分）

この詩集は、恋愛という既得権によって書かれているわけではない。その既得権をいったん放棄し、そしてそのうえで他者を実現させようとする。いわば過ぎていった恋愛を実現させることで、「何者もとどかない／ここにいて」その架空のうちに他者を呼びこもうとする。もちろんそれは喪失ではない。呼びかけるべき他者はいったん放棄されるのである。「婚約」とは、いわば過ぎていった恋愛との契約である。

金子千佳の作品を部分的に引用するのはかなり難しいが、その禁をおかして「婚約」という表題作から数行を引用してみる。

＊

凍てついた雲の梯子を走りぬけて
西風がわたしたちを置き去りにする

ふいに立ち止まった時空の気配に
おどろく彼の姿を
そそくさと隠してしまう

――（冒頭二行）

〈略〉

こうして
黙約は薄氷のうえをすべりはじめる
取り残されたわたしたちの行方は
ほそい煙のたなびくところ

〈略〉

遅刻者を待ちわびたまま
睡ってしまった花のくぼみで
たくされたことづてを差し出そうと
いま
はじめての言葉が目を覚ます

（「婚約」部分）

金子千佳の作品のなかで「わたしたち」は、あらかじめ「置き去り」にされることを前提とされる。この現実という時空を極力排除しようとするかのように、「ふいに立ち止まった時空」、それは架空の時空なのではなくむしろ表現されようとする以前の時間を指しているのだ。だからこそ、「おどろく彼の姿を／そそくさと隠してしまう」のであろう。

詩という表現が、ことばによってその作品を造形しようとするかぎり、ことばはいわば音楽でいう音符のようにあるいは絵の具のように純粋な音と色をもっていなければならない。もともとことばは音と色に対応する「意味」なのである。

しかしわたしたちが、音楽を聴いて音符を聴くのではなく、絵を見て色を見ているのではないように、詩作品を読んでことばの意味を理解しようとするのではない。いいかえれば音と色とに遅れて音楽と絵画がやってくるように、意味に遅れて作品がやってくるのだ。

多くの恋愛詩によって表現された他者は、既に存在してそこにある他者の表出でしかない。ただあるがままをなぞっているだけなのである。金子千佳は、架空の時空と「契約」することで、詩人のなかに遅れてやってくる他者を完成させようとしているのかもしれない。

ロマンという誤謬

——阿賀猥『ラッキー・ミーハー』

ロマンあるいはロマンチシズムを現代詩に求めようとすることはそれだけで時代錯誤のそしりをまぬかれえないのかもしれない。

しかし、わたしたちの視線がいつのまにか浮遊しはじめていること、この現実のあれやこれやに眩暈されてしまっていることに気づいている人は少ないのではないだろうか。たしかにことばは軽快で身軽になり、わたしたちの日常を遥かに凌駕しているようにみえる。それはあたかもおとぎの国の魔法の鏡のようにこの現実を美しく映し出している。ともすれば、そうした軽快で身軽なことばによって結ばれたイリュージョンのなかに自足している自分に気づくことなく、健やかに生きてゆくこともできるのかもしれない。ここちよい軽快さとここちよい身軽さ、それが実は現実なのかもしれないし、多くの詩人たちもそうした身軽さとかろやかさを身につけようとやっきになっているのだろう。

だがわたしたちは、このことばによって捏造された日常に浸っている一握りの湿った砂粒でしかないのだ。いわば、遠い遥かな砂漠の国をとぼとぼと歩いている孤独な旅行者なのかもしれないのだ。だからこそ、人々は慢性的に渇望し、日々「よりよい生活」を求めて砂まみれになっているのだろう。

さて、わたしは冒頭で現代詩にロマンを求めることが時代錯誤のそしりをまぬかれえないのではないかといった。それはおそらく、いわゆる文芸上のロマンチシズムの末路が、当時のドイツ・ヨーロッパの社会的・経済的な逼迫感にあおられて、現実逃避的で保守的な民族主義の餌食にならざるをえなかったということ、あるいはそれを接ぎ木した「日本浪漫主義」運動のイメジとの重なりによるのだろう。

しかしそのことはともかくも、当初のロマンチシズムの思想が一種のアイロニーをふまえて現実を見ていたのだということ、現実のあらゆる制度、価値を超えた宇宙的な視線を獲得していたのだということは否定できない。ロマンチシズムはその必要性において現実を必要としたのである。

つまり現実を徹底して見つめ、その現実を組み替えるためにロマンの高度が要求されたのである。

「死の安息を知ること、これは必ずしも不幸ではない。現世の苦悩や苦渋について、また悲劇について。結局は苦悩はただのロマンにすぎないのでは？
浮薄な他愛ないロマンとしての苦悩。」

（阿賀猥「モロッコ革i」『ラッキー・ミーハー』）

ここで阿賀猥は、自らの病の体験をとおして、生は「法外に長い苦渋の時間に閉じこめられてしまう」ことだといい、死は「素晴らしい不動。時間が消えるのだ」といういいかたをしている。

たしかに、詩の構造は停止した時間を核にして成立している。このことについてここで詳述する余裕はないが、時間が停止するということはもちろん空無ではない。空無を意識化するということだ。そしてその停止した時間を焦点にあらたな時間を再構築することにあるのだ。したがって、阿賀猥がいうような「死の安息を知る」ことでは、決して詩は自律しないのである。むしろ「法外に長い苦渋の時間に閉じこめられてしまう」ことによって詩は自律していくのだ。

死を知るということはもちろんあらゆる意味で観念的行為であろうし、その人の死をその人が経験しないかぎり本当の意味で死を語ることなどできないはずだ。だからこそ、わたしたちはことばによって死（＝肉体）へと限りなく近づこうとするのだ。

「言語とか文字とかそういうものに興味を持ったことは一度もなかった／私の前には肉があった／いつもそうだ／それをいつもいちいち非常に驚き、／驚きが鎮まると／眺めたり、解体したりした」（「肉」部分）。作者は、ここで「眺めたり、解体したりした」というが、それは「言語とか文字」でそうしたのではなかったのか。

肉体がことばに先行するのは当然である。しかしことばはそもそも肉体の衝動として発せられたのではなかったのだろうか。だからこそ肉体が精巧にできているようにことばの構造もまた精巧なのである。

稲川方人は、かつて「（わたくしには／死ねるだけの高さがあったのである）」といい放ったが、その高度に昇り詰めることで詩人はことばを再構築することに成功したのだといってもいいだろう。

先にわたしは、ロマンチシズムには高度が要求されたのだといったが、ロマンチシズムがかつて大きな誤謬を犯さざるをえなかったのは、この意識の高度の距離によっている。阿賀猥の作品が「気分」やただ単なる嗜好の羅列にしか見えないのは、残念ながらこの高さに問題があるようにおもわれるのだ。

　この高度、ロマンの高さによってしか現代詩は浮遊したことばを再構築できないのではないだろうか。

感受性の仮面

――斎藤悦子「瞬間豪雨」にふれて

感受性はいったいどこまでことばの構造の組織にまで踏み込むことができるのだろうか。あるいは逆にことばは感受性をどこまで組織化できるのだろうか。

そのことを考えていて、先日偶然観てしまった劇団四季の『オペラ座の怪人』のことを思い出した。

物語は一八八一年のパリ・オペラ座が舞台で、オペラ座の地下に湖がありそこに仮面を付けた怪人が棲んでいる。その怪人はオペラ『ハンニバル』のプリマドンナの通俗性が気にいらず、コーラスガールのクリスティーヌをプリマドンナの位置につかせようと画策する。その怪人の仕業でオペラ座につぎつぎ奇怪な事件が起こるといった話であったが、四季のミュージカル『オペラ座の怪人』は思わず眠気をもよおさせるほどつまらないしろものだった。

しかしその物語の構造については別の意味で興味を覚えさせられた。というのはその物語の構造とわれわれの感受性の構造のあり方がほとんど同質のものではないかと思えたからである。「詩人の責任はあくまでも彼の感受性のなかにある」「感受性こそが詩人の資格なのだ」。やや古色蒼然としたいい方だが、いうまでもなくこれは堀川正美の有名なことばである。もう少し引用をつづける。「われわれのうちの誰かが、感受性のなかに必然的にあらわれてくるだろう運命のままに、詩人になってゆく(冗談で言っているのではない)。ことわっておくがそれは悲惨な人間になる勇気を必要とすることである」(堀川正美「感受性の階級制・その他」)

右の引用の「詩人」というところをこころみに「怪人」と置きかえてもおもしろいだろう。「オペラ座の怪人」はその醜い顔のために仮面をかぶっているが、彼はクリスティーヌへの愛の純粋性の獲得とオペラ座の通俗性を排するための「悲惨」さをひきうける。その「運命」のままに怪人となったのである。醜さゆえに純粋にとぎすまされた彼の自意識のため彼は「怪人」とならざるをえなかったのだといえよう。

しかしここではそのことを問題にしたかったのではない。わたしたちの感受性とそこに流れている「時間」の概念の構造の二重性というのを問題としてとりあげたいのである。

たとえば、ある人が深夜なに気なくテレビのスイッチを入れたとしよう。その時たまたま夜空に立ち上がる砲煙と何百発ものミサイルが発射される映像を見てしまった。また彼に何の予備知識（どこかの国で戦争が始まるかもしれないという）がなかったと仮定して、その人は画面で起こっている事実にいったい何を感じるのだろうか。その画像を説明する音声がかぶっていればそのことをそれなりに理解し、異常な尋常でない事態がどこかで起こっているのだということまでは分かるにちがいない。もしその時その人の関知しないところで、突然テレビの画面が消えたとしたらどうだろう。おそらく彼の瞬間の想像力は目前に迫った自己の死を感じ何らかの行動に移るかもしれない。だがやがて彼は知るだろう。つまりこの戦争らしきものが実は自分の身辺でおこなわれているのではないらしいことを……。そのことを認識する。仮に彼が詩人であったなら、その「ホッ」としたときのことを詩にするかもしれないし、「ＴＶゲーム感覚の戦争である」などとうそぶいてしまうかもしれない。

しかしそこまでは感性の「共通感覚」とでもいうべき、いわば表舞台である。時間の経過とともに彼は目前に迫った「死」という感覚を忘れてしまうだろう。

感受性の深まりがそれに応じた人間的な感情となるか、それとも認識の表現になるかも、まったく詩人の精神の内的傾向による。いずれを差別する尺度も詩にはほんらいないのである。

（同前）

認識し、理解しそれを表現することはそれ自体でも創造である。しかしそれが実現するためには感受性の受容性が必要であろう。その受容性とは継起する時間を遡行し解体することで発見される何かである。

目覚めたとき瞬間豪雨が
ここらあたりを打ち砕いた

濡れている樹木
はりめぐらされた側溝は
蜘蛛状のひびわれに肘をついて
一年じゅう遊んでいる

わたしの息子のおじいさんは昔
熱い戦車で雪をけった

（斎藤悦子「瞬間豪雨」前半）

斎藤悦子のこの作品は、一見すると独立したパートが乱雑に並べられているように読める。しかしその乱雑さは、ある概念に裏打ちされた時間軸の回転する乱雑さであるともいえる。

最初の「目覚めたとき」は、おそらく省略された「わたし」が二重に目覚めたのである。「目覚めた」ということばには二つの意味が隠されている。「濡れている樹木」につづく三行は、イメイジとしては直截的に分かるようになっているのに、あえてなぜ「蜘蛛状にはりめぐらされた側溝」とせずに、あたかも読者の内部の視線をさまよわせるかのように「はりめぐらされた側溝は／蜘蛛状のひびわれに肘をついて／一年じゅう遊んでいる」としなければならなかったのだろうか。これは「側溝」の機能停止と「一年じゅう遊んでいる」省略された「わたし」を指し、乾いたこころの「蜘蛛状のひびわれ」を瞬間豪雨が打ち砕くのである。ここに何らかの事態が発生したのだとも読める。

彼女の作品は局部を説明することで省略された「わたし」を拡大してみせる。と同時に「現在」という時間の枠組、いいかえれば「時間の制度」ともいっていいかもしれないが、それをも彼方へおしやろうとする。次の「わたしの息子のおじいさんは昔」、この簡潔に時間の流れを折り畳んだような一行は、息子との関係性のなかに「父」を登場させ、なおかつその関係性のなかに時間（＝時制）の概念をも侵犯しようとする。

（覆《くつがえ》された宝石）のような朝＊
レールで自殺した夫人の娘は
木立をオレンジ色の月が昇った晩に
初潮がはじまりました

白い皿の上で　危うい
燕尾服を食べる
喉をしめて
産まれたものが産みつづけて
雨後のタケノコ
駆けぬけて旅をする森をぬける

疾風　立ちつくす挨拶
すんだ目をして
売女

（同前・つづき）

＊印の部分は西脇順三郎からの引用であるが、最初の行との呼応がきいていて、危うい予感のようなものを感じさせてくれる。「レールで自殺した夫人の娘は」の「夫人」は母親を指示し、「娘」はいうまでもなく「わたし」である。彼女はこの作品であえて父と母とを、あるいは「父性」と「母性」とを曖昧なままで呼びもどそうとする。次の行はこの作品のなかでも白眉の一行である。「木立をオレンジ色の月が昇った晩に」、この助詞の「を」をこの一行に挿入したことによって「オレンジ色」の「月」が昇っていく時間の経過がさりげなく凝縮される。「産まれたものが……」「駆けぬけて……」というように流れ去った時をフィードバックしながら父と母とを「わたし」の時間の始まりの奥から呼び込むような呼びだし方をする。

そのことの意味を理解するためには、あえて次のような俗っぽい読みを提出しなければならないかもしれない。つまり最初のパートにつづく三つのパートは、よくある認められなかった婚姻の風景ではないのだろうか。しかし、これはただの事実であるにすぎない。

人は混沌と明晰を交互に生きるわけではない。そしてその両者は内部に在るのではなく、常に時間という軸を回転させながら人の外部に在る事態として散らばっている。作品という事実を実現させるためには、その時間軸を逆回転させることによって、（もちろんそのことは追憶するという意味ではない）その混沌と明晰という実は同じ平面上に渾然とある日常のなかの時間を、作品の時間に奪いとることで成立させることができるのではないのだろうか。

グリーンはひかっている
時はすぎる水飴のように
裸体は拒んだ
（略）

ちいさな息子と雨上がりの街を歩く

わたしの靴は慎重に選んだのに大きすぎて
地表のカーブにつまずいてばかりいる

（略）

高原の花の時間を
鏡の奥のほうへ奥のほうへと引き寄せ
泉がわきでる　きれつの焦点

（同前）

精神病理学では「時間」認識の方法によって三通りの分類が可能だといわれている。それはまず分裂病、つぎに鬱病そして躁病ないしは癲癇という区分である。「前夜祭的」といわれている分裂病者の時間は、現在が未知（＝未来）なるものによって支配され、また鬱病者の時間は「後夜祭的」といい、過ぎ去った過去に対する後悔と拘泥に支配されている。もう一つの躁病者・癲癇性は「祭りのさなか」という呼びかたで呼ばれている。

ここになぜ精神病理学の「時間」と病理現象との関係性をもちだしたのかというと、戦後詩のもつあの特有のメランコリー親和はここでいう鬱病の時間との関係でとらえることができると考えたからである。

戦後派の詩人がその抒情の質において自律性を獲得しえたのはそのことによっている。そこでは失われた時間と他者の喪失が歌われている。つまりそこでは自己が自己として成立しなければならなかった場所に喪失された他者の自己、他者の時間を輻輳させて歌を成立させる。歌を成立させることによってかろうじて自己の自律を確認したにすぎない。

不幸にも現代詩は、そのことにおいて出発させられたのである。

「瞬間豪雨」が「わたし」を極力省略し、わたしに起こる事態を極力説明しないことで、「わたし」が際立っているのは、斎藤悦子がそうした過去＝現在＝未来という時間の方向性を同時に作品のなかにすくいとり、どの方向へもかたよることなく、いわば時間という制度を侵犯するようなことばの方法で表現しえたからにちがいない。

だからこそ「時」は「水飴のように」四方八方に溶解しながら「すぎ」てゆくし、至福の時であるはずの「高原の花の時間」は、反照されるばかりで決して内部へと向かうことのない「鏡の奥のほうへ」むりやりひきよせようとする。ここにはたぶん優れた感受性が被らざるをえない何かが隠されているように思われる。

その回答となるべきものは、感受性の構造と時間の構造との二重性、そしてことばとの関係性のなかに発見されるのではないかと思われる。

「おちんこたらし」と現代詩

東京西郊の、ある町に、かつて「おちんこたらし」と呼ばれる怪人物が出没したことがあるという。

聞くところによるとその人物は自分の車の中から通りかかる女学生や若い女性に道を尋ねる風をよそおって、車の近くに呼び自分の裸の下半身を見せては彼女たちが驚く姿を見て楽しんでいたという。

数日前、その怪人物（同一人物ではない）が、わたしの住んでいる町にも出没した。わが家の家人がその人物と出喰わしたそうである。

その事件が、二、三日前、新宿の「こう路」というバーで話題にのぼり、なんでそんなに自分のモノを見せたがるのだろうという話に発展していった。あれこれ臆測しているうちに、冗談で、「じっと見つめてやればよかったのに……」とわたしがいうと、家人も店の女性経営者も声をそろえて、「そんなわけのわかんない男のモノが記憶に残っちゃうの、イヤじゃない！」と、即座に否定されてしまった。

たしかに、めったに経験できることではないわけだから、その怪人物のモノが記憶として印象に残ってしまってもしかたないことだろう。その人の、記憶という一つの体系に、不意に侵入してくるわけだから、ただ単に、ちょっとびっくりしたというだけではすまされないにちがいない。

その人物の行為は、女性としての他者の身体に触れるわけでもなく、ましてや危害を加えるわけではないが、痴漢という立派な犯罪行為になってしまう。他者の、記憶の体系を犯す、凌辱するという犯罪である。逆に、ノゾキということも、ノゾキをする犯罪者の記憶に残るということで犯罪ということになるのだろう。

そもそも記憶には二重の方向性が存在している。つまり、取り戻そうとするもの（＝行為）と取り込もうとするもの（＝行為）という方向の二重性である。この二つの方向性に記憶の定義の一端があるのだと思う。もちろん他に、記銘・保持・再現という三過程や、既視感（デジャブ）や未視感といった異常現象もあるが、ここでは問題にしない。

いま話題にした怪人物、いわゆる性的犯罪者は、「取り戻そうとする」ことによって罪を犯さざるをえないのであって、決して取り込もうとはしない。一見逆説的に聞こえるかも知れないが、たとえば、マス・コミを賑わせた犯罪事件の犯人が捕まったとしよう。するとマス・コミはその犯罪者の過去を、その揣摩臆測とともに白日の下へさらそうとする。これはそのためである。記憶には、個の記憶とともに、種の記憶がある。種としての記憶は、わたしたちの個々の記憶の延長線上に共同の幻想としてあるわけだから、その共同の幻想から脱落したものに対しては痛烈な批判があびせられることになるのである。

しかし、わたしたちが、「自我」を獲得しようとする青年期に、その自我意識や自我の構造の成立が家族の内部にだけ依存し成立している分には問題はないのだが、社会という外部と交渉しながら獲得しようとするとき、共同の記憶体系としての幻想の領域の内部から獲得しなければならなくなってしまう。この時、わたしたちの意識は、あるねじれを体験してしまうことになる。もともと、わたしたちは、社会に存在《ある》べき正しい姿を学習するのではなく、体験を通して自分の内部の正しからざるべきものと称されるものを捨てて、正しいと称される記憶の共同幻想の内側に認知されてゆくのである。その追憶が、その捨て去ったモノへの追憶が、わたしたちの内部に生起する不測の事態として苦しませるのである。

反復されるものは存在していたのである、でなければ反復されないであろう。(略)人生は反復である、といわれるとき、それは、現に存在したところの現存在が今や現存在となる、ということを意味する。追憶もしくは反復の範疇がなければ、全人類は空虚な、内容のない空騒ぎに帰してしまう。追憶は異教徒的な人生観であり、反復は現代的な人生観である。

(キルケゴール『反復』)

犯罪は、欠如した記憶に対する復讐である。共同幻想を内部へ取り込もうとするのではなく、共同幻想の内部へ、取り戻した内部を模写しようとする。それが犯罪である。つまり「ほんとうの反復は、前方に向かって追憶される」(前出)のである。

わたしたちは日常、このわけのわからない正しかるべき記憶の体系によって生かされ、何かを忘れるために、わたしたちは毎日毎日労働し、忘れるための、その代償のようにして幾許《いくばく》かの金銭を得ている。それは既にわたしたちが馴らされているからなのである。それを、人類学では、セルフ・ドメスティケーション(自己家畜化)ともいう。

3耳たぶ
〈わたしたち〉に与えられているもの、あるいは〈わたしたち〉から奪われているものの数は〈誰も考えるように〉無数にして唯一であり、この〈野の作業〉のなかで、むずがゆい境界が、というより〈指にはじまる〉肉体の各部が液体化して透明になり、水の城の井戸の底に沈む。

（金井美恵子「水の城3」部分）

4模試
運河ぞいに〈わたしたちは歩き〉と〈わたし〉は書きかけ、古い土地、忘れられていた無数の土地に、船が帆をあげずに（なぜなら、帆などないのだから、〈この船〉には〈この複数の船〉には）水の上をすべるように突き刺さるのを見た、と書き、〈なぜわたしは〉一人で戻らなければならないのか、またもや（それもなぜこのように一人で?）

（前出「水の城4」部分）

紙数の関係で、部分的な引用になってしまったが、この金井美恵子の「水の城」という作品の世界把握の方法は、世界という不透明な、あるいは透明な得体の知れないものに対する犯罪者的な戸惑いとささやかな含羞がうかがえる。それは世界と〈わたしたち〉および〈わたし〉との境界の「むずがゆ」さであり、この作品の記述の構造と仮構を裏切ろうとする「船が帆をあげずに〈なぜなら帆などないのだから……〉」という、記述の反復があるからだ。また、〈わたしは〉「一人で戻らなければならない」からなのである。

作品という記憶の体系、あるいは作品という共同の幻想から、〈わたしは〉一人戻ることによって、世界という不透明性（＝透明性）に、ふたたび世界という像を仮構するとき、それは「一人」という不安にさらされてしまうからだ。だからこそ、引用の部分にはないが、この作品には様々な色彩の氾濫があるのである。

詩人は、「おちんこたらし」として「取り戻す」ことによって、再び詩人となりえるのかもしれない。

過剰の人——山口眞理子の人と作品

今回はじめて山口眞理子さんが書き続けてきた詩作品のほぼ全体を年代順に読むことができた。最初は、その出版年ごとに形式上のカテゴライズができるのではないかと考え、それを頼りに人と作品を論じていけるのかと思っていたが、眞理子さんの作品のことばを読み進むうちにそんなことは見事にうちくだかれてしまった。次に詩のことばは何を根拠に作品に呼び込まれてくるのだろうかという当たり前な疑問が湧いてきたが、もちろん彼女の作品はそれを説明してはくれなかった。

「ターザンがジェーンを呼んでいる　おたけびが響く／密林にはたったひとりの女しかおらず　無論／何万人女がいてもいいのだが／結局　ターザンが呼ぶのは／ジェーンと呼ばれた女ひとりで」「うねる　はてしなく単調なリズムで／遠く近く／近く近く　心

臓にじかに共鳴するが／やがて心臓の鼓動とひとつになってしまう」「誰かがわたしを呼んでいる／言葉でではない　言葉が持つ　影と光」

（「ターザンとジェーン」『気分をだしてもう一度』）

ことばは作品に呼び込まれることはない。詩はむしろ「言葉でではない　言葉が持つ影と光」とで成立する。

眞理子さんは、三十年近く銀座の飲食街で「マリーン」というミニクラブを経営している。十代の後半に大学の文芸部で発行している雑誌の資金稼ぎで始めたアルバイトだったのが、二十四歳の時には大きな会員制クラブの「ママ」と呼ばれる責任者になってしまう。

その頃の銀座は、並木通りをセンターラインにした六丁目から八丁目の狭いエリアに約二千軒のバーやクラブがひしめき合っていた。そこで働くホステスの人数は一万人とも二万人ともいわれていた。しかし今では純粋な意味でホステスと呼ばれる女性の数は数千人ぐらいになってしまったかもしれない。それは銀座のクラブの独特なシステムによる。だからこそ銀座でオーナーママとして自分の店を経営するのは稀有なことなのだ。

銀座でいちばん　はなやかでにぎやかで
ネオンサインと盛り花の　たくさんある並木通り
むかし梶山季之さんは　この通りを
なみだ通り　といいましたが
そこで　その子は仕事をし
川を渡って　下町に帰るのです

（「そして、川。ここで暮らしているってことは」）

眞理子さんの三十歳代後半の感情と感傷の仕事でもあるホステス業が円熟期にさしかかって、「いい詩や納得のできる文章を書けるなら、銀座で働くのを許そう」と自身をも納得させていた頃の作品だ。

街がくっきり　女にはなにやら秘密がありそうに見え
こう　待つべき者がやってくる　という気分

何度　騙されたことか

この夕刻の時間
夜があざ笑うようにやってくる

（「銀座九丁目は水の上」）

『そして、川』の出版から六年後の『夜の水』（一九九七年）では、感傷は現実的な逢魔が時の仕事への入り口に変容する。もし詩人が現実の経験のなかから呼び込まれたことばをあらたなことばとして紡ぎなおさなければならない宿命の裡《うち》にあるのだとしたら、過剰すぎる経験は快楽と苦痛の二律背反に彩られなければならない。

「水の上の城館で暮らす女たちは／大脳の表層を埋めた〈過剰〉な映像を／必要なだけ〈文字〉に換言する訓練を／海からあがってきたさまざまなタイプの男／さまざまな動物たちの　第三の手によって／ほどこされる」（「水の上 動物物語」）

銀座では、「飲む」とはいわない。「遊ぶ」という。酒に酔うだけではなく、銀座のシステム（ルール）にも酔わされるのだ。それはホステスも同じである。過剰な接客の通俗的なことばが時には恋愛感情のカオスを出現させることもある。それがたとえ疑似恋愛だとしても、だからこそここでは客とホステスは平等なのである。

ご多分に漏れず、時代の変遷とともにエポックメイキングな職業世代は徐々に変化していく。銀座での接待客もかつては政治家や芸能人、不動産関係や大手企業の役員などが多かったが、やがてはＩＴ関連へと入れ替わってゆく。

眞理子さんがほんのアルバイトでこの仕事を始めた頃、彼女の父親はある企業の取締役であったため、会社の出した赤字の責任を取るかたちで仕事を辞めることになり、所有していたゴルフ場などを売却しながらのいわゆる「売り食い」生活を余儀なくされる。母親は、彼女が小学生の時、最初の自殺未遂をする。その後、三度目の自殺を試み、他界する。眞理子さんは二十七歳であった。

「その母は　わたくしの知らない苦しみのためか／睡眠薬を多量に飲んで　窓から ひらひらと／飛び立って　いってしまった」（「儀礼的なさよならのあいさつのために」）

アメリカ帰りの母は国籍の二重のひとつを
日本に移し　言葉少なくどもりであって
あれが絶望だとしても　五十二歳で
窓から飛び降りた　その後
その娘と五歳年下のその息子は
負けたんじゃないか　人生に（きっとそうだ）

そう口に出してはいけないから　そう口に出さなかった

（「どこか南……」）

「少女のままの心を持った声音の美しい人」だったという。あまり知られていないが、眞理子さんはその空虚な感情を持て余すかのように、銀座を去り、結婚生活をする。しかしその結婚生活は一年ほどで破たんする。そして一度は離れた銀座に再び戻ることになる。

あたし　風邪ひいちゃってめろめろよあんた
あんた　どうやって暮らしてんの？

（「伊藤君への鎮魂歌」）

よお元気なのかよお
それなのに
あんた　いなくなっちゃったのね
とっても

お行儀の悪い　同じ血の流れている人が
召されて　いっちゃうの

（同前）

あたし
会えそうな気がするの　あんたと
和光のだんだら階段の上と下で
よお元気かよおよお元気かよお
よお元気かよお　いーとーくん
なんで　いっちゃったのさ
あんたのこと　とても好きだったんだよ
あほやわ　あんた………

（同前）

眞理子さんが銀座に戻って、十二年ぶりに上梓した『Ａｐｒｉｌ Ｌｏｖｅ』（一九七九年）に収められた「伊藤君への鎮魂歌」から何行か引用した。「よお元気かよお」というリフレインは、おそらく大きな喪失感を抱えた眞理子さん自身への呼びかけでもあったのだろう。これが抒情詩を超えた上質なエレジーになっている理由かもしれない。

その頃、日本の経済や社会はバブル景気の初期にあった。しかし銀座の喧騒が、ただの空騒ぎになるまでほんの数年も俟《ま》たない。吉本隆明が「修辞的な現在」で、詩と詩人の修辞的な無個性を嘆いていた時代だった。

現実が自然の裡に成立するものなら抒情すればいいのだ。しかし現実や社会は、人為的に空虚と空洞を創造してしまったのだ。「人生はおちたら割れる卵じゃないけれど」(「向田邦子さんちの卵」)、現実はあっけなく割れてしまった。

やがて眞理子さんは、抒情性をあたかも排除するかのようにその作品に物語性を仮構する。それは時にファンタジーであったり一人芝居のモノローグであったりする。

この時代のはずれにある　あこがれの夢みる湖を
僕は心で見る
どこかから　ざまをみろ　と声がするが
いいさ　全責任を負って　生きざまをみろ　さ

こんなこと　別にたいしたことじゃない
（「街を通って湖へ」）

作品のなかに仮構された「物語」と「僕」によって、詩人は何を表現しようとしたのか。

「いろいろなものがとってもきれいだから／／あたしの／こころの中に／通りすぎてみなければ／わからないものがあります」（「翼のない天使」）

夜の銀座で働くことで、眞理子さんはそこにある空虚、もちろん現実や社会あるいは世界を構成している空虚を見てしまったのかもしれない。いつの頃からか眞理子さんは江戸の情緒が残る深川に移り住んだ。あえて歴史的に仮構されてしまった川向うの街に住む必要があったのだと思う。川は地理的な分断を作るかもしれないが、それでも「銀座」は「水の上」にある。流れることもなくあやうくもあるが、その水の上に生活と多くの言葉と物語が遍在しているのだ。「いつも〈過剰〉すぎる　なにかからはじまる」（「水の上動物物語」）

おそらく山口眞理子さんほどに詩と詩人を愛している人はいないのではないだろうか。

川本三郎『都市の感受性』を読む

何を媒介にしてどう語りだすか、あるいは語りつづけるかということはまさにその語り手の感受性の問題に依拠する。

本書は村上春樹の諸作品を中心に、森田芳光、野田秀樹、大友克洋といった現代の主だった若い表現者たちの、「都市の感受性」、著者のいうところの「都会人の感受性ではなく、まさに都市そのものの感受性」という共通項に、新しい主題（＝感覚）をみいだそうとする。なるほど、ここではその「感受性」という共通項に対して異議をさしはさむ余地のないほど、繰り返し繰り返したたみ込むようにして語られている。しかし、それは読者の側がこの所与の現実《テキスト》をなかば盲目的に受け入れることによってしか成立しえないテーマなのではないだろうか。

「実生活での感動や人間関係の悲喜劇で自分を語ることが出来ず、ジャズのレコードや映画のタイトルを並べたてることで小さく満足する他ない、都市生活者の自己表現ぶりは空虚であり奇形でもあるが、しかし他方で、考えてみれば『ラベル』を並べるだけで自分を語ることができるとすればずいぶんと『気分のいい』ことではあるまいか」

（『一九八〇年のノー・ジェネレーション』）

たとえばこれは村上春樹の作品について語られている文章の一節であるが、ここにはからずも（――むしろ意図されてか）、このテキストそのものの性格が表現されている。このテキストで、川本三郎は「アティテュード（表層）としての「都市の感受性」、あえていいかえれば、つまり嗜好を語っている。語ろうとする主語を失ったふりをしながら「気分のいい」「ラベル」を並べてゆく。したがって、このテキストは静止的な「テキスト」として読まれるべきではなく、あたかも金太郎飴のように何冊も何冊も重ねて、重ねられてゆく同じ切り口の「感受性」の嗜好として読まれるべきであろう。だからこそ読者に現実《テキスト》の肯定を強いるのである。

たしかに高度に組織化された現在の、この消費文化のなかにあって、「自己を表現することはもはや創造ではなく、ある種の消費をすること」（小久保彰）であるかもしれないし、またアティテュードというひとつの世代意識とともに迫り上がってくる現代の断片化された光景を「嗜好」によって選びとり、排除することと「読み変え」てゆくことによって、新たな創造の方向をみいだしてゆくことも可能なのではないだろうか。そしてもっとも印象的なのは、著者が、自閉へと追い込まれてゆく「若者」という概念にかわって、未知の異物としての「子供」という概念を提出していることだ。

二つの時間のはざ間について

『ベルリン・天使の詩』（'88）、『フィールド・オブ・ドリームス』（'89）、あるいは『ゴースト』（'90）でもいい。ここに挙げた映画に流れているはがゆいばかりの哀切さというのは、われわれの意識のなかにある時間の構造の二重性というところにすべて、その共通性をもっている。

『ベルリン・天使の詩』の天使ダニエルは、異界（天使の世界）から、有限で一回的な現実の世界の女性に恋することによって、天使であることを捨ててしまう。また、『フィールド・オブ・ドリームス』のレイは生産的現実のトウモロコシ畑をつぶし、野球場という場を作ることによって異界を呼び込もうとする。そして、『ゴースト』の主人公も裏切られた友情による悲劇的な死に出会うことによって、残してきた恋人を護るために異界と現実との間をさまよう。いずれも時間の構造の二重性という一方の側面からリアリティ（＝生）を批評しようとしたところに、これらの作品の認識の共通性がある。しかもこれらの作品がもっている共通の哀切さというのは、現代においてその認識の絶対性がすでに絶望でしかないということ、そのことが基調底音になってしまっているからであろう。

わたしたちは、わたしたち自身の死を他者の死によってしか、感受することができない。つまり「死」には目撃者を必要とするのである。そのことは、狂気についてもいえる。一人の人類には狂気がおとずれることは決してありえないであろうし、いささかの飛躍と皮肉をまじえていえば、全地球的な規模で人類がことごとく死滅してしまったとき、それを「死」とは呼ばないであろうということである。死を自覚的に知るためには、自ら死ぬ以外にはないであろう。そうした意味でいえば、死は観念的でしかありえない。したがって、生きていることと生きていないこととの区別の認識さえも、観念的な差異化としてしか判断の基準は存在しない。

物理的にいえば、生きていないものはそれ自身では作用しない。生きているものからの作用にのみ反作用として対応する。

繰り返すようだが、先に挙げた映画では異界（＝生きていないもの）からの作用によって現実（＝生きているもの）が作用するという批評性の倒立が成立する。

要するに、リアリティの側から見れば、生も死も同じ場所にある。作品が、そのリアリティを獲得するとき、「生」も「死」もその位相を同一にする。

神も不在の時
いきているものの影もなく
死の臭いものぼらぬ
深い虚脱の夏の正午
密集した圏内から
雲のごときものを引き裂き
粘質のものを氾濫させ
森閑とした場所に
うまれたものがある
ひとつの生を暗示したものがある
塵と光りにみがかれた
一個の卵が大地を占めている

（「卵」吉岡実）

吉岡実の一連の作品は、この時間の二重性という構造のはざ間にある虚無の瞬間を把え、いわば虚無の先験性ともいうべき直観の美と形式を獲得している。

かつて北村透谷が『他界に対する観念』（明治25年）のなかで、『ハムレット』の「幽霊」に触れ、日本文学のなかに他界の観念の欠如を嘆きながら、「詩の世界は人間界の実象のみの占領すべきものにあらず、（略）生死は人の疑ふところ、霊魂は人の惑ふところ、この疑惑を以て三千世界に対する憶度に加ふれば、自らにして他界を観念せずんばあらず。」といい、単なる他界（異界）に対する思熟と逃避だけの文学をしりぞけている。

今度の「湾岸戦争」をめぐって、詩が「無力であるか無力でないか」ということがいわれている。その議論がかかえてしまった不幸は、もともと戦争が「いわゆる批評的精神といったものを麻痺させてしまう」（ロジェ・カイヨワ）という前提を前に陶酔してしまっている不幸である。

詩は、時間の二重性のはざ間にある虚無を実現することにある。

戦争という人為的な行為の不毛と人工の虚無とは、現実という一回的で有限な時間と、永遠性との時間との二つの極の混乱に対する嫌悪からきている。戦争の場において、生きるものと生きないものとの二つの時間が混乱してあることに対する、深い嫌悪からきたしているのだ。

「ポエジーとは瞬間化された形而上学である。（略）もしポエジーが、ただ単純に生の時間にしたがうものであるならば、生以下のものである。」（G・バシュラール）

人類の行為としての行いのすべて（政治的であれ、宗教的であれ……）を認識し、観念的な絶望に出会わないかぎり世界から戦争という、人工の虚無はなくなることはないだろう。生のリアリティはことごとく液化し、観念という骨格を剥き出しにしないかぎり。

詩を書くわたし

1

詩は、今どこで誰によって書かれているのだろうか。

そんなことを考えながら街の書店に立ち寄っても、現代詩のコーナーはほとんどといっていいほど見当たらないし、いわゆる流通に乗る詩の雑誌も二誌か三誌を数えるだけで、それさえも今では新雑誌の創刊ブームのあおりをくらって、片隅の方に追いやられているような有り様だ。

もちろん書店の店員でさえ、今では現代詩のコーナーがどこにあるのかということさえ知らないだろう。この数年、書店の棚からは現代詩ばかりではなく、純文学も中間小説と呼ばれるものも徐々に姿を消し、パソコンの入門書やマルチメディアの解説書あるいはマンガ本がそれに取ってかわっていった。

2

詩はほんの少数の詩の書き手と書き手との間をたゆたい、行き来しているだけで多くの読者に読まれようとする道を自ら閉ざしていってしまったのかもしれない。

詩は今どこで誰が書き、誰によって読まれているのだろうか。たぶんそのことは、詩の書き手も、詩の書き手でありなおかつ読み手でもあるわたしたちにさえも分からない。とはいえ、あえてそれを分かろうとする必要はないわけで、むしろ分からないところに本当は読者の広がりと深さがあるのだろうと思う。

しかしそれでもなお、最初にいったような疑問がつねにつきまとうのはなぜだろうか。

おそらくそれは詩の書き手が、多くの読者を獲得しようという欲望と、閉ざされた流通との狭間に挟まれたままそこから抜けだそうとしないからだろう。「たった一人の読者のために」だとか、いや「百年後の読者のために……」だとかあるいは「自分のために」だとか、そんな神話を信じることでかろうじて「詩を書くわたし」を納得させようとしてるからにちがいない。だからこそいつまでたっても「詩を書くわたしの」手から

「詩」が離れてゆこうとしないのだろうし、詩を読者という未知の人のこころのなかに造形させることができないのだ。

ことばは、作品のなかではたんなる符牒ではなく、書き手と読者とのあいだにかたちを創るための材料なのである。言い換えれば、ことばは、音楽家の音譜であり画家の絵の具なのだ。自分のなかにことばがあって、それを捜し当てて作品を創るのだなどというおためごかしを信じていいのは、小学生や中学生が日記の隅に詩らしきものを初めて書くときだけでいいだろう。

3

しかしそのことは、詩の同人誌や会員誌の創り方あるいは在り方にも多くの問題を残しているように思われる。

たとえば、同人誌を創刊しようとするとき、ある人が呼び掛け人になってまず創刊メンバーを集める。それから次に各自が作品を持ち寄り、何百部かを印刷し発送する。それが一つのサイクルになっていて、一号で終わってしまったり、いわゆる三号雑誌で終わってしまったり、とりあえず十号まで頑張ってみようとかいい合ってある時期までつづけてみたりする。

とうぜんその際、印刷形態はどうするか、お金はどのくらいかけられるか、レイアウトはどうするかといった様々な問題を話し合うことになる。そこでいちばん焦点になるのは、一体だれに送るかという問題である。自分たちの交遊のある詩の書き手あるいはあらかじめ作成された「詩人名簿」なるものを持ち寄って、自分たちの詩誌の住所録を作成する。

そのときいちばんおおきな問題は、自分たちがこれから郵送しようとしている詩人ないしは詩の書き手の人たちが、その詩誌を読んでくれるかどうかということが基準になる。読まれるものを創ろうとか、読まれるように工夫しようとかそれ以前のこととして、誰が読んでくれるのかということが大前提になってしまうのだ。それははた迷惑なおしつけにすぎない。

読者は作品を読む歓びを手にした瞬間に感じてしまうもので、まず詩誌の形に最初に出会うわけだから、雑誌の創り方、編集方針に工夫がなければならないと思う。それでなければ雑誌を創る意味が失われてしまうように思うのだが……。

4

人々が性急すぎること、すぐに結果を求めようとすることは、現代の病である。さらにいえば、こころのパースペクティブをいつの間にか喪失してしまっているのである。

人々はＴＶゲームに夢中になり、画面のシチュエーションを無条件に受け入れてしまって何の疑問も感じないし、それだけではなく、会議やミーティングでもバーチャルリアリティーが主導権をにぎっている。それを語ったり、それが語られたりすることによって、未来の架空の現実を早く見ようとする。もうすでにいわれつくされたことだが、物語が溢れ、その物語の一瞬一瞬に視聴者は涙する。ほんの束の間のうちに涙しそして忘れられてしまうような物語が巷間に溢れているのだ。徐々に徐々に人々のこころの遠近線は短くなり、その目の前にあるものだけを無条件に受け入れることでしか現実感を感じられなくなってしまっているのではないのだろうか。

5

どうやら人々は時間を消費することに躍起になっているようだ。あたかも永遠の時間という大河に自分のなかの限られた時間を持って入水自殺しようとするかのように。

とうぜん、「詩を書くわたし」もそうした日常に晒されているわけで、意識的に遠ざけようとしても時代や風俗は巧みだから、知らず知らずのうちにその気持ちのいいぬるま湯に浸かっていることに気づかされない仕組みになっている。

もしかして現代あるいは現在そのものが疑似現実であって、もうとっくに現代あるいは現在なんてものはなくなってしまっているのかも知れない。

詩の書き手たちは、造形された自分のことばに虚しさを感じ、いつまでたっても自分の手もとからことばを離そうとしたくないのではないのだろうか。

ちょうど恋愛が二人のあいだにおこる幻のように、あやうく美しい事実であるように、詩は本来詩の書き手と読者との間にできあがっていくかたちでなければならないはずだ。

ところが現実は、詩の書き手であり詩の読者とが同じ幻のなかで生きているのだ。まるで仮死を生きるように……。

プラトンがその国家論のなかで、詩人を追放したのはなぜだろう。おそらく国家は時間を管理し、その体制のなかに時間の観念を打ち立てた。時間を管理することは、人のこころの遠近線を管理することに通じる。しかし、詩人は時間の観念を再構築することで作品を詩人と読者とのあいだに創る。それは、新しい時間の観念を創造することである。

制度は、それを恐れるのである。

反復する「いま」

よりよく「時代」を表現するということは、そこに確かな「時代」があるのだというこ とを大きな前提としている。はたしてその前提が成立するかどうかをここで問うつもりはない。しかしどうしてもわたしの頭のなかにこの「時代」ということばの意味が、明確なイメージをむすんでくれないのだ。時代は流れているものなのか、回転しているものなのか、それだけで完結しているものなのか。それともそもそもそういった考え方がまちがっているのか、回答が得られないままでいるもどかしさを拭い去れない。だが、そのもどかしさは、なにに由来しているのだろうか。ただ単にことばのイメージが浮かばないということだけでもないらしい。やはり最初にいったように、そこに確かな時代があるのかどうかという漠然とした不安感があるのだと思う。

それではなぜ不安なのだろうか。多くの表現行為、芸術作品その他、最近では犯罪でさえも「現代＝時代がもたらした不安感の現れではないのか」などといわれ、なにかの込み入った犯罪がおこるたびに「不安感」が繰り返し強調される。あたかも不安ということばそのものが、この不安を解消してくれる唯一の糸口であるかのように。


「ああ、覚えてる。弘法大師が修行したっていう穴だ」

「ああ、それや」

「縁起がいい」

「ヘッ、神も仏もあるか。俺らは、初めに天地ありきや。ほら……」

吹き飛ばされるほどの風を受けて、島田は日野とともにしばし天空へ首を伸ばした。うねり続ける風に包まれ、潮の唸りを聞いていると、これ以上進むことも戻ることもない彼岸への渇望が湧いてくる。何日か後、音海侵入を果してもう一度ここへ辿り着くとき、人間を待たずに経っていく時間と別れて宇宙の塵にかえり、この風と一つになれたらいい。


（高村薫『神の火』）

この小説の主人公である島田浩二は、ロシア人の宣教師と日本人の母の間に生まれた不義の子として育てられ、長じて江口という男の手によって、ロシア、アメリカ、北朝鮮という多重国のスパイとなる。

このシーンは、音海の原子力発電所を幼なじみの日野とともに破壊するために偵察しているシーンである。原発を破壊した後の結末は、この小説には書かれていないが、おそらく島田も日野も江口もそれぞれ別々の場所で死を迎えることになる。

この小説の解説に「島田を二重・三重・四重……のスパイとすることで、『ついに〈故国〉をもちえなかった男』として形象することで、この五十年間の日本人の〝国〟に対する〝曖昧さ〟にメスを入れる。その〝曖昧さ〟がこの国を現在たらしめているという現実をみすえて」（井家上隆幸）と書かれている。やや表現はオーバーだが、確かにこの小説の主人公に与えられた情況は、それをよく象徴しえているだろうと思える。

しかし自分たちが置かれている情況の「曖昧さ」などは、たいした問題ではない。実はなんの意味もないその情況のなかで、この小説の主人公（たち）が行き着くことになってしまう根拠に、どうしようもない「不安感」があるというのがこの物語を展開させている大きな理由なのである。

先に引用したシーンで、「人間を待たずに経っていく時間と別れて宇宙の塵にかえり」たいのだという島田のモノローグがある。はじめこの小説家にはめずらしく抽象的ない方をするなと、その一行に立ち止まってしまった。だが暫くしてこの一行がこの物語のすべてであり、なおかつ「時代を捉えている」一行なのではないかと思えるようになってきたのだ。

翻っていえば、この物語の主人公のたった一行のモノローグが時代を捉えたのではなく、時代が島田にこういわしめたのである。様々な事件、様々な犯罪、様々な表現があって世界は変容してきた。そしてテクノロジーはコンピューターを掌にのせた。しかしそれらがなぜできたのか、誰がこの世界をほぼ滞りなく動かしているのか。そのことを誰も理解しないまま世界は動きつづけている。

時間は、「人間を待たずして経っていく」。この物理的な、もしくはニュートン的なリニアタイムの前で人々は殆ど無力である。だからこそ、そこに確かな「時代」が、いい換えれば確かな「いま」があるのかどうか、不安なのである。

時代が表現を、実は選んでいるのであって、表現は時代を捉えることができない。したがって表現は常に時代より遅れてやって来るのだ。

アドバルウンのやうな　鈍い太陽を
昨日の新聞紙のやうな　皺ばんだ街を
白っぽい風が吹きめくる
われわれは時間に吹きめくられ　逐はれながら
われわれの時間をつねに自らもてあます
そこで街には　新聞の中の虚偽よりも多くの
安っぽい遊戯場がある
そこに群がる人々の心には　アドバルウンの中の瓦斯よりもいっぱい
空虚が充満してゐる
一握りほどのちゃちな昂奮をもとめて
することのない手がはじき出す　銀いろの玉
釘の目をぬってそれは終局のだめ穴へ
ひたすら既定の経路を落下して行く
（那珂太郎「アドバルウンのやうな鈍い太陽を…」第一連）

この作品はかならずしも詩人那珂太郎の真骨頂ではない。なぜならこの作品では説明をし、現実ないしは時代をなぞっているだけに過ぎないからである。そうした意味ではこれらの作品群は、詩集『音楽』へのプレリュードに過ぎない。

とはいえこれは一つの「いま」である。この詩人のなかにある時間の概念は、「時間に吹きめくられ」「つねに自らもてあま」し、そして「ひたすら既定の経路を落下して行く」ばかりなのである。だがそれはたんに人間に予め付与された、いわば先見に過ぎない。「ただ在るがままに／自足しみちたりたいのちの原型は／ひとたび壊れて二度とわれらに　回復するすべもない／無垢な生物の群からあまりにとほくきて」(第二連)という。

「壊れて」しまった「無垢」とは、人間の魂の距離と自然に向き合っていた時間の概念である。

時間はいまや「人間を待たずに経って」行く。それは人間が、あるいは人間である個人がみちたりて消滅してゆくための物理的な時間と、人間があるいは人間の魂が残っていく永遠性という均等に平行に流れている時間との距離が、壊れてしまったことを意味している。

以前にも引用したことがあるが、那珂太郎の年譜に面白い一節がある。

「幼少時をすごした町はすべて戦争中の空襲で焼失し、人の記憶にあるほか、もはやこの世に存在しない」(傍点=井上)。「記憶にあるほか、この世に」ない、とあえていいきってしまう。目前にあると思い込んでいたものが、一瞬にしてかたちを失ってしまう。そのことは「時代」についてもいえるのではないだろうか。「いま」は記憶を反復することでしか存在しえないなにかなのである。

神への返還——詩人と社会

わたしたちが生きているこの社会には、照れることも恥じることも奢ることもなく、ただ純粋な意味でハッキリさせなければいけないことが山ほどある。とはいえそれはそうたやすくはない。物的証拠あるいは精神的な状況を積み上げ立証しなければいけないからだ。しかも目に見えるなんらかの犯罪ならまだしも、徐々に押し寄せてくる精神的な苦痛やストレスにたいして、わたしたちはほとんど無力だといってもいい。

人間は一個人として自分の人生を生きるだけではなく、意識的にせよ無意識的にせよ、その時代および同時代の者たちの人生をも生きるのだ。

トーマス・マン『魔の山』

社会とは、いわば数の論理に似ている。数の多寡によってその真実や正義が決定されてしまうことがしばしばある。つねに数が支配しているといっても過言ではないだろう。もう少し敷衍していえば、単純な算数とより高度な数学の数式が複雑に絡みあって成立しているのだ。ただしその正しい解答をこの社会という答案用紙に書き込むことはできない。それはつねに解けない数式としてそこにあるだけなのだ。

民主主義という一見するとこの人間的な思想ですら、数の論理のまえではその根本的な無力さをさらけ出してしまう。圧倒的な数にはかなわないのだ。多数のマジョリティーこそが、無意識のうちにわたしたちを決定しているのだし、わたしたちそのものがその「多数のマジョリティー」を形成してしまうことがある。

だからこそわたしたちは、意識的に社会を二分化しようとする。即ち「裏」というい方で差別化しようとするのだ。差別化し、排除しようとする。多数こそが真実であるというささやかな根拠のために、「社会」から「抹殺」しようとする。人間が作った複雑な数式を解こうとする努力を惜しみ、数の論理に従順になってしまっているのだ。

メディアの創造。マルチメディア（今ではSNSという）。マスメディア。あらゆる方法を使って、圧倒的な量の情報を個人に押しつけようとする。それらの情報を知らないこと、あるいは情報を獲得する術を知らないことは、既に「裏」側に位置することになってしまう。

「ぼくも君も今のところ詩人ではなくて、国家創設の任にあたっている者なんだよ。そういう者である以上、我々には物語創作の義務はなく、詩人の創作を規制する型に通じていることが我々にふさわしい任務であり、その型に違反しての詩人の創作を許してはならないことになる」（プラトン「ソクラテスとの対話」のなか「詩人批判」より）。

国家創設にあたっては、詩人の詩作は規制されるべきところにあり、詩人とは予言者のようなものであり、神にとりつかれ、狂気の状況に陥った正気の喪失者でなければならないという。これほどまでに詩人を批判し、詩人を規制する根拠はもちろんいうまでもなく、ギリシャの国家創造のためである。これは特別今の時代に置き換えなくても、「神」という権力（＝体制もしくは制度）を維持するためには、必要なことであったろう。

しかし今や詩人はそれほど恐れられていない。なぜなら「数」という神に従順だからだ。だから今、詩人たちはこの「神」に一切を返還したらどうだろう。

人間の楽園——劣情とはなにか

人類とか人間といったスケールで自分自身のことをふりかえってみると、そのこころの空虚さあるいは空洞の深さと大きさにあらためて驚かされることがある。

思えば、人類や人間はその歴史のなかで多くの罪を重ね、その残骸を、記憶という空虚な穴蔵に投げ捨ててきたことだろう。そして棄ててきてしまったかぎり、人間はその罪と罰からは逃れることができないのだ。人間の行動の規範は、記憶に裏打ちされている。したがって、いま人間がひとびとが直面している様々な事件はそれを犯した犯罪者だけのものではない。わたしたち人間の問題なのだ。そのことを認識しないかぎり決してその犯罪もその罪も滅びることはないだろう。

なにかの拍子にその記憶の深淵の淵をふらふらしている自身の姿を垣間見ることがあ

るが、その時の恐怖はなんともいいがたいものがある。人間はその恐怖から一瞬でも逃れるため、芸術や宗教を生み出してきた。しかしそれさえもあらゆる方法で捏造され貨幣とか紙幣といった人間の欲望の代償にされてしまった。

人間の内面とはなにを意味しているのだろうか。あるいは人間がそだててきたモラルとか倫理とはなんだろう。

ここのところ不倫が一種のブームになっていて、『失楽園』という小説が映画にもなって売れている。聞くところによると、不倫の果てに心中してしまう男女の物語だそうだ。とりわけ目新しいテーマではないし、特にこの小説を読んでみようという気にはならないが、ただ不倫ということばのもつ関係性がいったいどういった関係性のなかで機能している関係なのかということについては、興味がある。

一言で「不倫」といっても、そのことばの意味の範囲と使われ方はかなり曖昧なような気がするのだが、究極の意味はやはり結婚という制度を選択した男女がその制度の規定に背き、互いに別々の新たな関係を選んでしまうことを指すのではないだろうか。

ところで、結婚という制度はただたんに男女が共生することに対する契約ではなく、一種の増殖をも意味している。たとえば互いの家族関係あるいは子供の教育、郊外に家をもつことなどその他諸々がその契約とともに発生するのだ。その制度という檻のなかで、核になる男女が感情の交通整理をしながら、倫理という猛獣使いに飼い馴らされていくことになるのだ。

　恋愛をしているときは、あれほど激しく愛し合い、人間のこころの奥までも美しく見通せていた男女が、制度や社会の規範に従順な男と女、夫と妻に変貌してしまう。

　恋愛とは、そもそも人間の造り上げてきた制度に背くことである。その恋愛が美しくそして至上であればあるほど制度や社会から遠い所へと追いやられる。なぜなら、愛は自分と他者を互いにいつくしみあうことだからなのだ。そして人間の意思とは別の意思によってえらばれているからなのだ。

　制度とは人間がその棄ててきた罪と罰の残滓によって造られた癒し——罪滅ぼし——の産物にしか過ぎないからなのだ。他者をいつくしむことは、即ち国と社会と制度の滅びを意味する。歴史のなかで多くの国家が宗教と政治を分離させたのは、そのことに由来する。愛することは、一種の宗教にちかいからなのだ。そして人間が棄ててきた罪の深淵を発見してしまう可能性があるからなのだ。おそらく劣情とは、制度に対して従順になることをいう。

現代詩のためのささやかな愚行

——詩をどうやって手渡すか

現代詩が読者を獲得できなくなったとか、読まれていないとかいわれはじめてもうすでに相当の年月がたってしまった。そしてそれはおもしろいことに、詩を供給する側、いわゆる詩人や版元あるいは詩論家たちによって吹聴された言説であるのだということと、かれらのうちにあたかも「詩は読まれるべきだ」というあまりにも楽観的な大前提があるということなのだ。

ところで「詩は読まれていない」という実感はどこからくるのだろうか。詩誌（いわゆる商業誌や会員誌、同人誌その他）が売れていないという統計学的な実感なのか、それとも読者の絶対数が減少し、優れた詩人や詩論家が輩出されていないという確率的な実感なのだろうか。その統計と確率の結果が「読まれていない」という根拠になっているのかもしれない。おそらくそうした言説が流布されるための起源は、いくつかの版元の社主や編集者たちが、日頃詩作品や詩人たちと接することによって、実感させられたこととそのつど交わされたささやき合いとによってもたらされたことなのだろう。そしてそれは当初危機感としてとらえられていたのだと思う。

確かに、今日までいくつかの答案は提出されてきた。たとえば「修辞的な現在」という答案もその一つだろう。そこでいわれているように、いわゆる「ニューミュージック系」にすぐれた詩の才能が流れていってしまったということ、修辞そのものが詩人に与えられた特権ではなく、むしろ現在に蔓延しているということ。

詩人は、頭脳明晰になっていくばかりで感受性の姿態の微妙な官能を感じることができなくなってしまったのだ。そしてその結果として、詩（詞）が音楽（メロディーライン）に乗って表現されることで、読者の感受性はみごとに新しい感受性の革命を経験してしまったのだともいえよう。

しかしその分析と答案が提出されたからといって、詩人たちは決して変わろうとしなかった。むしろその答えを見て安心したかのように詩人たちは詩を書きなぐってきたというのが、その実態であろう。

ともあれ、最初の「詩は読まれなくなった」という実感はどこからきているのかというと、かつて読まれていたという神話が存在していたからなのだ。御多分に漏れずバブル経済の影響もあって、版元（出版社）の営業戦略が思いがけず当たったり、同人誌の数が増えたり、読者が詩作品を書くようになって「詩人年鑑」に載ったりと、市場が活況を呈していたからなのだろうし、詩人もある種の手応えを感じながら作品を発表できていたのだと思う。この活況のなかにあって、しかしそれは詩の内部から崩れはじめるのだ。善きにつけ悪しきにつけ幾つかの価値観が崩壊し、主義の変容とことばの変容を理解せず鵜呑みにし、ポストモダンは徒《いたずら》に現在を攪乱し脆弱な時代のあばら骨を晒した。

本来であれば読者があるいは市場がいうべきことを、つまり「詩は面白くなくなった」という発言が、詩の内部からおこなわれてしまったのだ。詩の内部から「面白くないよ」といってしまったのだ。

退屈で飽きてしまって「て・に・を・は」ばかりに拘泥する優秀な詩人や編集者たちばかりが、詩の「感受性」を排除してしまい、『噂の真相』ばりの噂話ばかりに花を咲かせ、最後には、詩さえも排除してしまったのだ。もちろんここでいっている「て・に・を・は」というのは、直接そのことをいっているのではなく、比喩としていっているのだが……。

さて、そうこうしているうちに、詩は「手渡す」術をことごとく失ってしまったのだ。詩は、読者に「それ」を手渡すために、そして詩人自らの自律のためにあらゆる形式を経験してきた。

たとえば詩のことばと構造に付与する「音楽性」・「ロマネスク」・「意味性」その他諸々。しかしそれは詩人がその形式を「形式」自体として使ったのではなく、詩作品という結果の分析的結果としての形式にたどりついただけなのである。詩人が形式を欲したのではなく、詩作品に形式が追随したのである。いい換えると、「感受性」には形式が必要だからなのだ。

あえて「形式」という誤解をまねくいい方をしたが、それは別に「かたち」といいなおしても同じかもしれない。少なくとも詩人は「詩」というかたちをかりて表現しないかぎりは、表現の手段を持ちえないし、この詩という表現の形式の単位をなしているのは「ことば」というやつだ。しかし残念ながらことばは、感受性を正確にとらえることができないし、そもそもそこに在る何かしか表現できないのだ。

したがって、詩人はその詩人に与えられた「形式」を発見することで、ほとんど詩人としての運命を終えたのだといってもいいほどだ。もっと単純ないい方をすると、どの作品を見ても、たった数行でもその詩人の形式は発見できるのだと思う。つまり、なぜ、現代詩が面白くないのかというと、感受性にかたち（スタイル）がないからなのだ。

現在の日本の詩の状況は、詩人は自らの感受性の最初の読者になることをせず、詩を流通させることにのみ腐心しているように見えるのだ。

同人誌のために人集めをし、誰かに認知してもらうために「詩人年鑑」なるものを引っ繰り返しては、某有名詩人や批評家の選択をし、かれらが自分の詩（誌）を読んでくれるか読んでくれないか詮索した挙げ句、無理やり送りつけるのだ。それは構造的にいえば、版元の役目と編集者の役目と読者の役目を同時に実行させられることになる。この段階では、「手渡す」ことにのみ躍起になって「詩」は欠落してしまう。この「手渡し方」の構造を変更しないかぎり、詩は決して面白くならないのではないだろうか。ささやかな結論をいおう——詩は優れた詩のわかる編集者が出現しないかぎりいつまでたっても「面白く」ならないような気がするのだ。この構造でいえば、読者（ここでは多く詩の作者ないし詩人、出版社の編集者のごく少ない数に限られる）は、読みたくて読むのではなく、目の前に置かれるからしかたなく読むのである。だから詩人は詩を流通させるのを一旦止めるべきなのである。そのことは、版元にまかせ、自らの感受性の最初の読者に終始すべきなのかもしれない。

市場の原理（読者）は、日々変容しつづけている。世界も、人間も。

市場の原理を読み違えた「流行」が、編集者や詩人を迷走させ、感受性をあっさり排除してしまったのだ。詩を批評するチカラを失ってしまったのだ。まさしくポストモダン以降、構造の解体にばかりうつつを抜かした結果がそうさせたのだ。

批評家も読者も読む悦びをないがしろにし、自分のルール（磁場）のなかに詩を幽閉させてしまったのだ。さらに詩人たちも「自分」と向きあおうとする時間を惜しみ、「流行」というドブ川に「ことば」を捨て去ることだけに躍起になり、気づいたときには、ドブ川の川面に映る自分の顔を見て、「面白くねえ顔だなあ」なんてボヤくことしかできなくなってしまったのだろう。

（もうとりかえせないぜ……）。この数十年の時間をカットして、繋ぎ直しどこからかもう一度やり直すか、だれかキチンと、ドブさらいをしない限り。

連れ込みとは何か

――このやるせなさの行方

今年になってからはあまり聞かなくなったが、昨年の暮れぐらいまでは、新聞や週刊誌の誌上、テレビのニュースなどで、中小企業や零細企業の経営者とその家族の自殺騒ぎが嫌というほど報道されていた。なかでもその自殺の方法と状況の異常さでひときわ異彩を放っていたのは、例の中央高速・国立インター近くの「ル・ピアノ」というホテルでの中小企業の経営者三人による心中事件ではなかっただろうか。

巷間ではその理由をバブル崩壊の後遺症であるとか、銀行の貸し渋りであるとか、他にもいろいろな憶測が乱れ飛んだ。

一部の報道によると、三人の経営者は自殺の直前に一つの部屋でビールを呑んだのだという。それにしても大のおとな三人がこれから自殺しようという間際にいったいなにを思い、なにを話したのだろうか。

わたしはその三人の経営者について殆どなにも知らないのだが、僅かに車の部品関係の会社を経営していたということ、そして設立前後からかなり親しい付き合いがあったのだということだけで、今ではその三人の中年男の年齢さえ覚えていない。

それでもわたし自身、業種こそ違うが同じく零細企業の経営をしていることもあって、妙にこころの片隅に引っ掛かっていた。そして数週間前、偶然国立インターを利用する機会があり、フロントガラスに「ル・ピアノ」というホテルを見つけ、ふたたび彼らが死の直前に三人でビールを呑みながらいったい何を話していたのかということが、妙に気になりだしたのだ。

家族や愛人を道連れにするというのなら、まだ分かる気がする。中年男三人で、あるいは社会や銀行を呪詛することばを綿々と連ねて死ぬというならまだ納得できるのだが……、彼らをそこまで駆り立てたものはなんだったのだろうか。

たしかに世のなかには死ぬことで何らかの解決を得ることはありえる。そのことをわたしは否定しない。しかしそれにしてもわたしがその立場におかれたら、わたしは決して同行しないと思う。わたしはもっと巧妙に、合理的で、センセーショナルな方法を選んだと思う。その方法については、散々考えたが、支障があるのでここではいえない。

ただ残念でならないのは、社会や世間がただ単に「バブル崩壊」「貸し渋り」という、キーワードで簡単に片づけてしまったことだ。

あの事件は、実はそんなキーワードをもってしてそう簡単に割り切れる性格のものではないのだ。

あの事件のキーワードは「連れ込み」である。

「連れ込み」の語源は、「縺れる」からきているのだそうだが、「縺れる」とは、そもそもは糸状のものが、絡み合いほどけにくくなっているような状態のことをいう。またそれは、転じて、ことば遣いや動作が思うようにいかなくなったり、事態が混乱し収拾がつかなくなったまま、ある結果に辿り着いてしまうようなシチュエーションを指すことばだ。

ひとは好むと好まざるとにかかわらず、同時に幾つかの出来事、問題点を抱えているものである。ひとによって、それは時に家族の問題であったり会社や世界の問題であったりその内実はさまざまであるが、それらの固有の事実や現実はほぼ同時に、あたかも水面に浮かぶ枯れ葉や浮遊物のように浮かんでは消え浮かんでは消えしているものなのだ。

齢《よわい》を重ね、時間の経緯と社会との関係、あらゆる契約関係、それが結婚という契約でも仕事上の契約でも同じなのだが、それらは何事もなければ普段はささやかな更新と修理だけで自然に通りすぎてしまうものだ。

しかし経営者ともなると、その契約事項の煩雑さと、社会との軋轢、社員一人一人のこと、会社の将来や展望のこと、自分の健康、月末の資金繰りの問題、その他諸々。そしてそれらに纏わるもっともっと煩雑で複雑な問題に、精神的に現実的に日々悶々とせざるを得ないのだ。一つの問題が解決すると、それを待っていたかのように次の問題がふわふわと浮かんでくる。ましてや所謂バブルの崩壊以降は、経済の破綻の速度と行政の経済対策の速度とが極端に違いすぎたため、そこに不思議なエアーポケットともブラックホールともいえないような空隙ができていたのもまた事実であったのだ。

いったい彼らの一人一人が日々どんな問題に苦悶していたのかは分からない。例えば、彼らの会社が思うように巧くいっていたときに、銀座や赤坂あたりで日々呑み歩き、愛人の二、三人もいたり、競走馬を買って自他ともに世間から持ち上げられたりして、その自信が自分と自分の会社の実力だと過信した結果が思いがけない借金の量になっていたりしたであろうし、それはあくまでも想像でまったく見当もつかない。しかしこれだけはいえるがおそらく彼らは、社員にも家族にもあそびで付き合っていたと思っていた愛人や飲み屋、そして銀行員の一人一人とも誠心誠意誠実に向き合っていたのである。それが彼らのプライドであったし、それを凌ぐなにものもひとにはないからなのだ。

そしてそれらの現実と自らの心の速度が体力とともについていかなくなったとき、彼らは立ち止まり、プライドの狭間に「連れ込まれ」ていったのである。乾杯といって。

郵便はがき

料金受取人払郵便

上野局承認

9150

差出有効期間
2025年3月
31日まで

1 1 0-8 7 9 0

1 9 0

東京都台東区台東 1-7-1 邦洋秋葉原ビル2F

駒草出版 株式会社ダンク 行

ペンネーム

□男 □女 (　　　)歳

メールアドレス(※1)　新刊情報などのDMを □送って欲しい □いらない

お住いの地域

都道
府県　　　　　　市区郡

ご職業

※1 DMの送信以外で使用することはありません。
※2 この愛読者カードにお寄せいただいた、ご感想、ご意見については、個人を特定できない形にて広告、ホームページ、ご案内資料等にて紹介させていただく場合がございますので、ご了承ください。

本書をお買い上げいただきまして、ありがとうございました。
今後の参考のために、以下のアンケートにご協力をお願いいたします。

(1) 購入された本についてお教えください。

書名：

ご購入日：　　　　年　　月　　日

ご購入書店名：

(2) 本書を何でお知りになりましたか。(複数回答可)

□広告（紙誌名：　　　　）　□弊社の刊行案内
□web/SNS（サイト名：　　　　）　□実物を見て
□書評（紙誌名：　　　　）
□ラジオ／テレビ（番組名：　　　　）
□レビューを見て（Amazon／その他　　　　）

(3) 購入された動機をお聞かせください。(複数回答可)

□本の内容で　□著者名で　□書名が気に入ったから
□出版社名で　□表紙のデザインがよかった　□その他

(4) 電子書籍は購入しますか。

□全く買わない　□たまに買う　□月に一冊以上

(5) 普段、お読みになっている新聞・雑誌はありますか。あればお書きください。

〔　　　　〕

(6) 本書についてのご感想・駒草出版へのご意見等ございましたらお聞かせください。

(※2)

〔　　　　〕

何もしないこと

人間というのはやっかいな生き物で、つねに「何もしない」状態で生きていることができないらしい。たとえば、「道具」を作ったり、「考え」たり、ヨハン・ホイジンガのいうように「遊び」や「遊ぶ」ことのルールに酔うことが「人間」だとする説（『ホモ・ルーデンス』）もある。

それでは、もし人間がそれらを全て放棄したらどうなるのだろうか――。そんなふうに考えたとき、その「それら」とは、一体どのことを指しているのだろうという疑問が思わず浮かんでしまう。「それら」とは一体何のことを指しているのだろうか。そしてその「それら」の範囲のひろさにもまた驚かされてしまうのだ。つまり「何も」というのは、全てのことではなく、「何も」に指示されたその人にとっての何かなのだ。

何もしないとは、決してなにもかも放棄するということではない。人間性もしくは人間が意図的にあるいはその意図とはかかわりなく創り出してしまった制度とか歴史に対する抵抗と挑戦なのだ。

わたしは小さな会社を経営していて、いわば日々キャピタリズムの論理と鬩ぎ合い抵抗しながら搾取している。そして、酒場で酒を呑み、時には酒場の片隅で詩らしきものを朝まで書いていたりする。煙草も吸う。食べ物と女性にかなり偏った好みをもっている。日記も書くし、会社の福利厚生のために保険のことも考えている。ただし、詐欺はしないいし、犯罪も犯さない。そしてそれなりの哲学と思想ももちあわせている。

これらのことは、わたしの内面からの要求のごくささやかな一部にしかすぎない。また時には、そうした内面の要求に付随して欲望が伴うこともある。そうした欲望の実現は、他者とか社会とかモラルとかの規範の発見と戦いに繋がっていく。

たとえば、新規の仕事に対してクライアントとの交渉に臨むとき、売り上げさえ上がればよしとして、利益のことを考えなければ経営者として、「何もしない」こと「何もしていない」ことになって、失格だろう。だから新規に「見積もり」というやつを立てるときは、それなりに戦略を弄するのである。わたしにとって、「戦略を弄する」ということは、戦いである。そしてそれは、わたしの哲学とか人格とか人間性とかわたし自身が今日まで培ってきた「わたし」との戦いでもあるのだ。時として、「わたし」はわたしに蹂躙され、苛まれる。まずクライアントからは、その「見積もり」がキチンとした根拠のあるものなのかどうかを徹底的に叩かれるし、先方もその数字は正しくないという根拠を出してくる。そうしたやり取りのなかで、しかし結論は何れにせよはっきりするのだ。それは具体的な納期の問題、仕事に対する漠然とした責任感の問題あるいはどちらかがその術中に嵌まってしまったのだといえる。

しかしそんなことは比較的ささいなことの一つにしかすぎない。

いま世界は未曾有の経済恐慌のなかにあるといわれている。わたしは、ここでいま「世界」といういい方をした。おそらくこのいい方は正しくない。あらゆる報道媒体もこの「世界」といういい方は改めるべきではないだろうか。なぜならこの「世界」という報道用語には、日本、アメリカ、ヨーロッパの一部と僅かにアジアの一部という漠然とした先進国しかイメージされていないからだ。本来は「地球」といわなければこの経済恐慌の本質的な問題の意味は見えてこないような気がしてならない。

経済は、歴史のなかでいつの日か政治も社会も人間も飲み込んでしまった。その内面にある巨大な利己主義という欲望は、知らぬまに生身の人間の内面にまでその影を落としてしまった。この地球の何処かの面（国）で起こっている飢えや戦争は、この報道用語としての「世界」という概念と経済の構造がもたらしたものだ。

そもそも顔と顔を突き合わせ、量と量、質と質、質と量というふうに取引されてきたものが、ものを量る単位と数字の発見によって、数字だけで取引されるようになり、数字を保証するために担保というものまで考えだされたのだ。

１００円の物あるいは労力に対して１２０円という値段を付け、20円を儲けようという仕組みを創ったのは人間だ。そこまでは、サービスとか飾りつけるとか、より良いものを提供するなどの附帯条件を付加することで納得できた。しかしその仕組みを利用してまた30円儲けようと考え、その上なおあと50円と考えているうちに、おおもとの１００円が消えてしまったのだ。だから全体では２００円になってしまっているにもかかわらず、「何もしない」奴だけに数字という実態のない単位がプールされてしまった。

だからこの経済破綻は、単に人間が「あれ、これ１００円だったよな」と気がついてしまっただけなのである。それでは、この倍に水増しされた数字のお金はどうすればいいのだろうか。それはおそらく「世界」ということばの概念を「地球」という概念に置き換えるような考え方と仕組みに創りなおさなければならないのだと思う。

つまり「何もしない」ということの「何も」を発見することなのだ。「しない」という行為を支えている内面の要求を見極め、それに挑戦しその実態を明らかにし、組み立てなおすことなのではないだろうか。

ブルース
——石川啄木の『時代閉塞の現状』を読んで

作家の花村萬月さんに以前二度ほどお会いしたことがある。もう何年も前のことで、正確には覚えていないが、最初は新宿の駅のプラットホームで始発電車を待っている時だ。二度目はやはり新宿の、どこかの飲み屋でだったと思うが定かではない。

最初の時は、秋の終わりぐらいだったか、新宿の飲み屋でしたたかに呑み、小田急線の見えるいちばん端のホーム（新宿の始発電車は、その頃総武線のホームだった。いまは知らない）で鉄柱に凭れていて、何気なく階段を見ると知り合いの女性詩人が誰かと二人階段を昇ってくるのと目が合ってしまい、挨拶をかわしたのがきっかけで、始発電車に三人一緒に乗ることになったのだ。向こうもこちらも酔っていて、電車のシートになだれ込んで、手短な紹介をし合った。

女性詩人は、途中の駅で降りてしまったが確か花村さんとは西国分寺あたりまで一緒で、しきりに学歴と小説の話をしていた。

わたしはその頃、小説といえば純文学と古典ばかりを読んでいたので、花村さんの小説を読んでいなかった。その当時はまだ「純文学」なんてことばが生きていたのだ。大衆小説といわれなくなり、「中間小説」なんていっていた。その後は「エンタテイメント」とかいっていたが、まあせっかく知り合いになったんでなにか読んでみようと思いながら、先日初めて、花村さんの『ブルース』を読んだ。

横浜でブルースを歌っている綾という女と昔ブルースのギタリストで自分の才能を信じてアメリカに渡り打ちのめされて、いまは横浜・寿町で暮らしている村上という男との恋愛小説だ。しかしそれは、圧倒的な暴力と欲望とブルースの荒波に翻弄されるサーフボードみたいな恋愛である。

村上は25万トンのタンカーで日々過酷な労働に自らを任せながら「世界は檻にすぎない」という。彼は、ブルースを捨てようとして、自身を「檻に」実は閉じ込めたのである。

綾に出会って、村上のなかに「綾に触れたとたんに自分のなかで壊れてしまうであろうなにかを恐れ」るような感覚が芽生える。それは自分で決めてもぐり込んだ「檻」から抜け出さなければいけないのだという恐怖だったのだろう。

ブルースは幽閉されることの恐怖や哀しみを歌っているのではない。そこから抜け出さねばならないことの恐怖と哀しみを歌っているのである。

石川啄木もまた、幽閉された自身から抜け出そうとする恐れと哀しみを歌っているのだ。ただ残念なことに、啄木にとって幽閉されたことの条件の一つを「運命」だと甘受しているフシがあることも否定できない。

コニャックの酔ひのあとなる
やはらかき
このかなしみのすずろなるかな

「我々青年を囲繞する空気は、今やもう少しも流動しなくなった。強権の勢力は普《あまね》く国内に行亘つている。現代社会組織は其の隅々まで発達してゐる。――」

(『時代閉塞の現状』石川啄木・明治四十三年八月)

啄木は、明治政府のシステム化・強権化によって、一般経済の逼迫、「財産と共に道徳心を失った貧民と売淫婦との急激なる増加」を「時代閉塞」といい、それを「箱」と譬えながら、かれらは抑えきれない自己そのものの圧迫に耐えながら、「箱」の壁の薄い所へ闇雲に突進しようとしていると嘆く。

その第一段階は樗牛の個人主義（ニーチェから宗教への変貌）といい、第二段階を「宗教的欲求の時代」、そして第三段階を「純粋自然主義との結合時代」と規定する。ただし、純粋自然主義は、「一切の美しき理想は皆虚偽である！」との教訓を残したと評価しつつも、「即ち我々の理想は最早『善』や『美』に対する空想である訳わない」と断定した後、「今日」を研究し、「明日を占領」することが「今日」のこの時代閉塞を最も批評する力となるという。この「必要」こそ「確実なる理想」であると結論付けている。

啄木は、貧窮と病に苦しみながら、二十六歳の若さで死ぬ直前、幸徳秋水らの「大逆事件」に触発され、思想的な転機に晒される訳だが、時としてこのあまりにも日本的な社会主義の内部には、ロマンチシズムとセンチメンタリズムが内包されていることが多い。

「やり場にこまる拳をもて、／お前は／誰を打つか。／／友をか、おのれをか、／それとも又罪のない傍らの柱をか」

これは、『拳』という詩の最終連だが、啄木が自身の内面にあるやり場のない「閉塞」感から抜け出そうとして、抜け出せず、その運命的ともいえる恐怖と哀しみに、そして「ヴ・ナロード」と自ら鼓舞しても「時代」の閉塞を分析しても、たどり着けない矛盾に引き裂かれているのが分かる。

それは、花村萬月の村上の「檻」のように、啄木のブルース、短歌としてしか結実しなかったのだ。

感覚の避暑地
——角川文庫版『立原道造詩集』

角川文庫版『立原道造詩集』の奥付を見ると、昭和27年5月15日、それから三十四版まで重ねて改版が昭和46年8月30日付けとなっている。この文庫版の詩集はわたしの手もとに二十年以上あるわけだから、おそらく最初に手にしたのは十代の後半ということになるのだろう。

その頃わたしは、福生市の市街からやや離れた七五〇〇円の安アパートで暮らしていた。高校卒業のまぎわに友人の自殺未遂の現場に立ち会わされてしまったことと、ある学生運動のセクトに属していた友人たちの周辺にいたため、八王子の家に居にくくなり、高校を卒業すると同時に家を出ていた。

すでに学生運動のセクトは解体し、巷には、上村一夫の「同棲時代」が流行り、ややあって「神田川」、井上陽水の「傘がない」が流れていた。

わたしの安アパートには、そうした何人かの友人が女の子を連れて入り浸り、失恋して自殺したり、いつの間にか姿をくらましたりして、消えていった。わたしは美大の女の子や教育大に通っている年上の女子大生と出会い、ドストエフスキーやカミュを読まされ、ウイスキーとタバコを覚えた。暑い夏だったように思う。いままでの生涯でいちばん他人に殴られた夏だったように思う。学生でもなく、労働者でもなく、おとなでもこどもでもなかった最後の夏だった。

どこにも所属していないという感覚と、停止したようにたっぷりとある時間の感覚とがどうにか十代のわたしをかろうじて支えていた。美化された自死というのが身近にあり、心を壊していく友人たちを近くに感じながら……。

あはれな　僕の魂よ
おそい秋の午後には　行くがいい
建築と建築とが　さびしい影を曳いてゐる
人どほりのすくない　裏道を

雲鳥を高く飛ばせてゐる
落葉をかなしく舞はせてゐる
あの郷愁の歌の心のままに　僕よ
おまへは　限りなくつつましくあるがいい

おまへが　友を呼ばうと　拒まうと
おまへは　永久孤独に　餓ゑてゐるであろう
行くがいい　けふの落日のときまで

すくなかつたいくつもの風景たちが
おまへの歩みを　ささへるであろう
おまへは　そして　自分を護りながら泣くであろう

（「晩秋」）

この詩は、立原道造にはめずらしくストレートに叙情している作品だといっていい。
「おそい秋の午後」の「落日のとき」というつかの間の時間。その一瞬に「魂」を投げ込み、「あの郷愁の歌」の永遠性を対峙させる。限定された時間、そして永遠の時間、二つの時間は「あはれな　僕の魂」を支えようとやっきになる。どこにも所属しない、なにものからも求められない孤独と不安。しかしそれでは「おまへ」は、どこへ行こうとするのだろうか。

あの「限りなくつつましくある」場所、「自分を護りながら泣く」場所へと逃避しようとでもするのか……。この美しい叙情は二つの時間と時間とに閉じ込められ、じつは行く場所を失ったまま立ち停まってしまっているのである。

あの昭和十年代を生きた立原道造がなにを感じ、なにを考えて生きていたのか、ほんとうのことは分からない。しかしそこに時代があり、立原の肉体があり、そして永遠性がある。

ささやかな地異は　そのかたみに
灰を降らした　この村に　ひとしきり
灰はかなしい追憶のやうに　音たてて
樹木の梢に　家々の屋根に　降りしきった

その夜　月は明るかつたが　私はひとと
窓に凭れて語りあつた　（この窓からは山の姿が見えた）
部屋の隅々に　峡谷のやうに　光と
よくひびく笑ひ聲が溢れてゐた

（「はじめてのものに」前二連）

「晩秋」で「あはれな　僕の魂」の行方を叙情し、二つの時間あるいは時代の前で行き詰まってしまったのとは逆に、この作品ではむしろ叙情することから積極的に遠ざかろうとする。「この村」の風景と、おそらくはじめて出会ったであろうと思われる異性との触れあいを、立原は14行のソネットに閉じ込めることによってある大きな物語を創造しようとする。

物語を創造することとは新たな時間を造るということである。新たな時間を造るということは、いまそこにある時間、言い換えれば制度を否定することにある。歴史的なリニアタイムを壊し、あたらしい制度をそこに造りだそうとする。しかし立原の見た風景は、あるいは造りだした風景はあらかじめその視界の角度が狭められていた。いわば感覚の避暑地に閉じ込められていたのだといっていい。

なぜあえて立原はそこに閉じ籠もろうとしたのだろうか。

おそらく立原の経験値のなかに生きるという概念が、あるいは性という概念が欠如していたのではなかったのかと思われる。死という未経験の核があたかも「追憶」のように立原を支配していたのではなかったのだろうか。立原は永遠の未成年だったのだろう。どこにも所属しえない。

壱拾壱、「詩の」事件あるいは情死劇

四月十四日午後六時、「壱拾壱」主催による「詩の事件《イベント》・空飛ぶ橇」を観る。だが、「事件《イベント》」ははじまっていたのだった。それは一九八三年四月十五日付の「壱拾壱」第壱号を手にしたときからすでにはじまっていたのだといっていい。毎月二回、隔週で発刊され、累積されていったものへの郷愁のようなものがあった。その日そこへ身を置くことによって、わたしは「壱拾壱」が、わたしの目のあたりで解体され、細分化されてゆく姿を確かめたかったのかも知れない。ある限定（これはあらかじめなされていたことであったが……）的な時間のなかで、立ちきえてゆくことによってリアリティを獲得する、肉声としてのコトバの位置で、「事件」の決着を目撃したかったのだろう。

だから、最初にゲストの若い女性詩人榊原淳子さんと白石公子さんが舞台にならび、谷山浩子さんの作曲したテーマ曲が会場に流されたとき、妙な違和感とともに、勝負あったと思った。やはりゲストの谷川俊太郎さんや正津勉さんが「壱拾壱」の間隙をぬうようにして舞台に立ったときにも、別の意味で感じた。それはおそらく、わたしのなかに何かを待つ気配が動きだしたということだろう。それに気づいたのは、同人たちによる個々のパフォーマンスがすべて終了してからだった。たとえば、藤井貞和さんの「声」を主題にしたエンドレスの朗読にも、吉増剛造さんが、自分の肉筆原稿を、肉声によって通過してゆくという、声による時間の拡大のしかたにも、あるいは鈴木志郎康さんが、映像のなかの数日前の自分と対話する姿にも、……鈴木さんは、数日前の自分に圧倒され、すっかりてこずらされていたのだった。

　詩人たちは、瀕死だった。自分たちの「時間」との情死劇を演じているかのようだった。ゲストの詩人たちが、さっぱりとした顔をし、元気だったのとは対照的に。すでに死した時間、「壱拾壱」との永久に死ぬことのできない情死劇を演じているかのように観えた。

（墓場の）鬼太郎様

鬼太郎様。お元気でお過しのことと思います。かつては新宿にあるカウンターバーの片隅で夜明けちかくまで飲んでいたものでしたね。その「こう路」という店で、二人とも泥酔し「ゲゲゲの現代詩」を大声で歌い、大方のひんしゅくを買ったものでした。覚えていますか……。

あの晩は、たしかあなたがいつになく酔っぱらって、例の妙に大人びた笑いをうかべながら、あなたの出自にまつわる物語りを語りだしたのがきっかけでした。あなたたち幽霊族は、あなたの両親を最後に滅びさってしまい、あなたは死んで墓場に埋められた母親の胎内から這い出してきたのでしたね。父親も、その肉体は不治の病に侵されて滅んでしまったのにもかかわらず、目玉だけはわが子の生長を見守るために、独立した「目玉の親父」として甦ったのだと語っていました。そのとき、あなたはやけに自嘲的ないい方で、「執念だよ！」と吐きすてるようにいったのを、思いだします。

そういえば、あなたはいったい大人なのでしょうか、子どもなのでしょうか……。そう、あの晩もわたしは、あなたにきいたはずでした。するとあなたは、おれは作品であることによって、永遠に子どもなんだと、奇妙ないい方をしていました。目玉という肉体のない視線に見守られることによって、（それをあなたは批評という風に置き換えていましたが）自分は永遠に「子」の位置から抜けだすことができないのだと……。まったく、あなたが生まれながらにして背負わされてきた「族」の執念、墓場をほじくって死んだ母親の胎内から出てきた、無意識は、強制された選択だったのかも知れませんね。

鬼太郎様。だからこそあなたは世紀末といわれている現代についても、成熟の途中に死んでしまったあなたの母親のイメージと重ね、「瀕死の熟女」であるといったのでしょう。したがって誰も現代について表現することができない、美しい熟女の死を看取ることしかできないのだと。そして、子としての作品も、死の胎内からしか生まれないのだと、あなたは、あの晩、苦しげにつぶやいていました。

あの晩、あなたは何をそんなに苦しんでいたのでしょう。今おもえば、あなたは目玉親父の、あの視線に苦しめられていたのかもしれませんね。見守られることによって、あなたの、生きるという官能は、社会化され、認知され、あなただけのひそやかな体感としての、別世界体験を体験することができなくなってしまった不幸を嘆いていたのかも知れません。

あなたがいうように、歴史は、ダイヤル錠のカチッという音とともに開かれていくのでしょう。それを、あなたは「母親の死」を表現することだといっていました。……あなたは、そこから這いだしてきたのでしたね。

あれから、あなたはどこへ行ってしまったのですか。

深夜、カランコロンという下駄の音をときおりきくのですが。

2. かなわぬ恋の構造
愛の「病」の領域

かなわぬ恋の構造

心が愛するものを肉体で愛することの出来ないというのは、なんたる邪悪の思想であろう。

なんたる醜悪の病気であろう。

萩原朔太郎

1

海を見て世にみなし児《ご》のわが性《さが》は
涙わりなしほほゑみてなく

若山牧水『海の聲』のなかの一首である。明治四十一年刊の処女歌集『海の聲』には、その青春のセンチメンタリズムとともに、近代の漂泊者の心性がかなり的確に吐露されている。

白鳥《しらとり》はかなしからずや空の青海のあをにも
染まずただよう

有名なこの歌では、漂泊者の孤独はさらに鮮やかなる。空の「青」海の「あを」にも染まずただよう、確かに覚醒した自我の姿には、それを内部から支えている毅然たる自恃と哀感とを感じないだろうか。〈女ありき、われと共に安房の渚に渡りぬ、われその傍にありて夜も昼も断えず歌ふ、明治四十年春〉という詞書が事実であれば、牧水は女とともに安房《あわ》の渚に渡り女の傍で終日歌作していたのだという。安房の渚、傍には苦しく覚醒した自我の独白をききつづけるための恋人が必要であった。背後には自然主義文学の全盛期が、目前には真青な「空」と「海」とがあり、それにも増して内部には鮮烈な白鳥の姿を見ていたのである。〈ああ接吻《くちづけ》そのままに日は行かず鳥翔《ま》ひながら死《う》せ果てよいま〉〈忍びかに白鳥啼けりあまりにも凪ぎはてし海を怨ずるがごと〉という自憐とともに。

萩原朔太郎は、しかし「けれども私たちの求めてゐる感情は、和歌の境地では満足できないものがある。和歌で表現し得る範囲のものは主として情調、気分および詠嘆に限られてゐる。内部生命にきざした深烈な感情や、意志や、複雑した思想等のたぐいは、和歌には求めることができない。和歌といふものから発酵するにほひばかりを捉えている詩形のように思はれる。」(「『深林』を読みて感ずる所あり」——『詩歌』大正五年十一月)といって、「歌」との別れを告げることになり、この翌年には『月に吠える』を発表する。そして、後に『純情小曲集』(大正十四年)の前半部に収めることになる「愛憐詩篇」を、『月に吠える』以前、北原白秋の『朱欒』などの雑誌に発表している。

2

朔太郎が『月に吠える』を発表したのは、文学が自然主義を通過して、自己の本来的な実存というものを自覚していった近代の、その自我に対する腑分けの方法が、あまりにも性急でかつ苛酷で、また単に我流の欲求を諦観するだけにすぎなかったため、いわゆる「近代的な自我」は誤謬の朝を覚醒してしまい、それを維持してゆくための「性格」の分裂までもがはなはだしかった当時であった。そもそも、自我と性格とは相関関係のうちに成立しえるのであって、「自我」は「性格」なくしては有効ではなく、また「性格」も「自我」の覚醒なくしては本来的な人間存在そのものとしての「性格」にはなりえないのである。

そのように「性格」の分裂までもきたしてしまった「近代的な自我の覚醒」の誤謬とは何か。答は自然主義文学の出発点へまで遡及することによって、おのずからあきらかになってゆくだろう。

自然主義は、もともと浪漫主義の分派として発生したものであり、形式的には小杉天外らによるゾライズムの試みが一つの運動としておこる。西洋の形式を輸入し、その形式に近づきながら、開放されつつある自我の欲求を歌おうとしたのではなく、単に形式のみによって当初は移入されたのであった。

ゾライズムの試みとして、天外は明治三十五年に『はやり唄』を発表し、その序文において、「自然は自然である、善でも無い、悪でも無い、美でも無い、醜でも無い、たゞ或時代の、或国の、或人が自然の一画を捉えて、勝手に善悪美醜の名を付けるのだ。

小説また想界の自然である、善悪美醜の孰《いず》れに対しても、敍《じょ》す可《べ》し、或は敍す可からずと覊絆《きはん》せらるゝ理窟は無い、たゞ読者をして、読者の官能が自然界の現象に感触するが如く、作中の現象を明瞭に空想し得せしむればそれで沢山なのだ」と書く。だが、岩波文庫版『はやり唄』の解説に、吉田精一は「方法論的に暗示を得ても、観て写すのは日本の現実だったのである」として、「純客観的に描写すればその役目は足りる、とするのであって、これは不道徳な結末をさけ、美的、倫理的なあと味のよさをもとめがちな硯友社一派への否定であり、反抗である。けれども主張それ自体だけでは、科学的な原因結果を見きわめようとするゾラの態度を示してはいない。或は又心理を生理に帰し、性格を体質にもどそうとする思想もうかがえない。」とつづける。

こうしてみると、その捉え方によっては自然主義文学が、ある種の終末思想にも似ているのに気づかされる。なぜなら「ただ或時代の、或国の、或人が自然の一画を捉へて、…」という自然、すなわち情欲と時代の肯定、その果てには何の救いも見いだすことはできないからである。が、既にそれは北村透谷によってかつてゆきあたっていた問題だった。

透谷は自由民権運動に絶望し、その絶望さえも明治政府の強圧的な迫害にあるばかりでなく、絶望の、あるいは疵の深さは自由民権運動内部からの崩壊という問題にも起因していた。その、壊滅した理想を、さらに内部に見いだすごとく、透谷は石坂ミナとの恋愛を昂《たか》めてゆくのであるが、恋愛の理想が至上であればある程、しなだれてくる現実の不快と圧迫感は彼の内部生命を徐々に蝕んでくるのであった。それらを体験的に通過して人間の本来的な姿を求め、覚醒した自我が明治政府の強権の圧力から「自由」を奪い取ろうとする過程のなかで、個の「自我」の全的な開放の必然が普遍的な秩序を必要とするとき、透谷はある種の「終末観」へまで至ってしまう。ここでこれ以上透谷に触れることはできないが、その内包された「矛盾」を形式化するためにはどうしても西洋近代が必要だったのである。

二十七年の日清戦争、三十七年の日露戦争の谷間にあって、社会的には外部へ外部へと拡大されてゆく眼がとり込んでくる「西洋近代」の早急な摂取という合理的な明治政府の政策のなかで、破滅せずに主張しえる「自我」の要求であったのである。たとえそれが形式だけのものであるにせよ、自己にとって切実な感情や情念を批判的な様態として客観視する立場が、形式と技術を内部から強いたのである。内部から強いられたものこそが本質的な形式であり技術なのであって、マスコミ主義の発達した現在のように外部からの要請によって求められた形式ではなかった。

外部からのそれと、たとえ無自覚であったにせよ内部から強いられたそれとを比較すれば、「文学するもの」の切実さはあらためていうまでもないであろう。

3

わたしは、ここで浪漫主義文学の分派としての自然主義が、決して「自我」の問題を正しく解決したとはいえないということをいいたいのであるが、それでは国木田独歩の場合はどうであったのかを概説的に見ておきたい。

透谷が、その「内部生命」の探求の果てに縊死した明治二十七年、独歩は従軍記者として『愛弟通信』をはじめる。

後の三十年には、田山花袋、柳田国男らと『抒情詩』を刊行し、詩から小説への自らの転身を遂げてゆく。その転機の、直接、間接の原因として佐々城信子との恋愛があったのである。信子との、かなわぬ恋があったことによって、独歩は、はじめて相対的な人間関係を自覚し、より客観的に「自我」の問題を考えはじめる。信子との恋愛の実際は、明治二十八年から翌年の四月までの一年にも満たない短い「恋」であった。その間に恋愛、結婚、離婚の急速な展開があったのである。しかし、信子との成就せぬ恋が作品に直接反映している事実はほとんどない。強いてあげれば、『おとずれ』『鎌倉夫人』等をあげることが可能であるが、恋愛から汲んできて「恋愛」そのものを自己との問題として作品化したという形跡はわたしの見たかぎりではほとんどない。恋愛の経緯が急転直下であまりにも短かったためと、いえばいえるが、恋の傷みに長短の別はもちろんないはずである。それでは、独歩にとって「信子問題」は「疵」にはなりえなかったのであろうか。

おそらく独歩は、信子との恋愛をも客観的な醒めた目で見ていたにちがいない。いいかえれば、独歩の恋愛は単なる自己愛の化身に過ぎなかったのである。独歩は、はじめから信子との恋愛を外部にあるものとして客観視していたわけではないが、自己愛、自己への拘泥が強ければ強い程、その自己を映す同伴者を求める欲求は強くなるのは当然であって、同伴者に対して自己愛の形を幻想として見てしまうのである。しかし成就しえぬ恋愛は、幻想としての「恋」の完全さを求め過ぎるため、かえっていらだたしく自己を苛《さいな》むだけに終わってしまう。その結果として残るのは「恋愛」の破綻ではなく、自己を俯瞰し白日のもとにさらけだした、いわば幻想からのしっぺ返しを受けた自己の姿でしかない。

だが「自我」の問題としては、苛酷ではあってもこれ程格好の機会はまたとないのではないだろうか。「自由な恋愛」、それは透谷以来のいわゆる「近代の姿」そのものであったが、それを支えてゆくための「性格」の問題がとり残されてしまっていたのである。「自我」にとって欠くことのできない重要な要素が「性格」なのであって、「性格」は「自我」以前の問題であるし、個々の「自我」はそれぞれの「性格」によって呼びおこされてくる。極端ないい方をすれば、「自我」の共有はありえても「性格」の共有はありえない、と思う。「自我の覚醒」をいうが、「自我の覚醒」とは近代の姿そのもののなのであって、覚醒に導いてゆくための「性格」が破綻してしまっていたのが、わたしたちの「近代」だったのではなかったのだろうか。

自然主義文学は「自我」の覚醒を、その闇雲な肯定に求めてしまった。ところが、それを支えてゆく「性格」の病には気づかされずにいたのである。病んだ「性格」を癒すことが「近代」の本来の姿であったにもかかわらず、性急に、「自我」をその幻想のまま覚醒させてしまったのであった。

独歩はその病んだ「性格」に気づかされてしまったのである。独歩が、自然主義文学の系譜のなかでは異端児であり、囚われた孤独者のひとりであるゆえんがここにある。

そして、明治三十三年には、星亭の「民声新社」に入社し政治家としての自立を意図したが、星の暗殺によって、それは失敗する。それを機に翌三十四年からの独歩は文学することに専念してゆき、四十一年に没するまでに、あたかも自然主義文学の初期を浪漫主義の分派そのものとして担うかたちになってしまうのである。

若い独歩が、イギリスのワーズワースの詩とカーライルの哲学の影響を受けたというのは周知のとおりであるが、特に情趣の世界はワーズワースによって、その哲学観はカーライルから学んだとされている。カーライルの思想は、宇宙と神との一体感から霊魂の不滅を説き、広大な自然は人間の知識をはるかに越えていて、慣習にとらわれている人間は、自分の知っている法則を破る出来事がおこると驚異を感じる、というものであるが、その影響が（直接的に）明確なものとして、『牛肉と馬鈴薯』等が適当であろう。

その後は、『運命論者』『酒中日記』『女難』等の、かなわぬ恋によって知らされることになる「性格」の破綻をあつかった負者の文学を表現してゆく。『運命論者』では、「たゞ限りなき悲哀《かなしみ》に沈み、この悲哀の底には愛と絶望が戦うて居」しかも「自殺の力もなく、自滅《じめつ》を待つほどの意気地のないものと成り果て」酒に溺れている男がでてくるし「善良ではあるが、筋を通すことのできない、意志の弱い一種の性格破産者は、独歩が好んで描く人物であって、『運命論者』『正直者』『女難』などにも共通するものがある」（塩田良平）この時期の特長である。そして、「好んで描いた」のは、「自我」へゆきつくための方途であった。

ところで、広津和郎が『年月のあしおと』の中学時代を回想する文章で「そこで私は始めて国木田独歩を読んだのであるが、（中略）だがこの時胸にすっとするようなものは感じたが、別に独歩に、感激したという記憶はない。独歩にはずっと後の『竹の木戸』『窮死』『二老人』あたりになって始めて興味を覚えたのを覚えている。」といって、広津は正宗白鳥の『妖怪画』を読んで「胸にぐっと来るものを感じた」と書いている。

『竹の木戸』（四十一年一月）『二老人』（同）『窮死』（四十年五月）を発表したのは、独歩の晩年であり、自然主義文学全盛の頃である。明治四十年の九月には『蒲団』、四十一年には『何処へ』『生』『春』『新世帯』とこれに岩野泡鳴を加えれば、自然主義の作家がほぼ出揃ったという時期であった。また同時に反自然主義を標榜する作家たちの作品も盛んに発表されるようになり、この頃の文壇は諸派の乱立という状況であった。つまり、自然主義の全盛期と衰亡期とが同時におこることになったと解釈した方がいい時期なのである。事実、自然主義の全盛といわれる時期は文壇的に見て二、三年しかなかったのだった。

さて、広津和郎が読んだのは『独歩集』（明治三十八年七月刊）であるが、これには問題にした「負者の文学」としての『富岡先生』『正直者』『女難』、他に『少年の悲哀』『春の鳥』等がある。わたしも中学時代『少年の悲哀』『春の鳥』等は繰り返し読んで、今でも感銘を受ける作品なのだが、傍点を付したように、広津はこれらの作品に対して

「すっとする」のは感じたのだが別にそれ程の感動を受けなかったとして、『妖怪画』には「ぐっと来」ている。「すっとする」とはいったいどういうことなのか知る術はないが、「ぐっと来る」との対比から想像すると、たぶん掠めとられるような感じなのかも知れない。その感動の質の相違こそが、独歩文学が自然主義の系譜にうまく収ってこない理由なのである。

独歩は、小説を成立させてゆく過程のなかで、聞き書きによる形式を多用し、またそのモティーフを取材によって掴んでくることが多い。と同時に、彼は自身の体験によって汲んできた運命観や性欲、恋愛観を一旦自己の内部からつき離して考えている。自己からつき離して自己を客観視することによって視点を変えて、自己の本質的な在り方を凝視する。視点を変え、それを凝っと視守るという方法は、窮極的には現実との落差を計る視点を持っているということになる。視点の落差とはいっても、単に現実と内部との傾斜を窺《うかが》うという意味ではなく、現実への果てしない探求からくる強靱な視線のことである。

政治的な野心からも、恋愛からも拒絶されついには現実を拒否するという過程は必然的な結果であろう。野心と求愛の思い入れが深ければ深い程「拒否」への過程も急速になってゆく。独歩の、浪漫主義から自然主義への過程はその裏返しでしかないのである。ただその過程がより複雑な様相を呈するのは、先に指摘したように、その政治的野心も、その恋愛も「自己愛」の幻想でしかなかった点にある。青春期に、ひとはしばしば「自己愛」換言すれば「自己探求」さらにいえば「自己本来の姿へのかぎりない模索」のうちに見えてくる幻想のなかにこそ内部の苦悩を発見するのであって、独歩の場合もその例に漏れない。

芥川龍之介は「独歩は鋭い頭脳を持ってゐた。同時に又柔かい心臓を持ってゐた。しかもそれ等は独歩のなかに不幸にも調和を失ってゐた。したがって彼は悲劇的だった。」といい、さらに「彼は鋭い頭脳の為に地上を見ずにゐられないながら、やはり柔かい心臓の為に天上を見ずにもゐられなかった。」とつづけている。こういう指摘は、その『文芸的な、余りに文芸的な』の文学史的な位置にもよるし、「独歩の『たき火』を読んで涙をこぼし」（書簡）あるいは「轢《れき》死《し》する人足《にんそく》の心もちをはっきり知ってゐた詩人」（『河童』）と書いている芥川の立場を通してではあるが、このいい方をわたしは剴切な見方だと思う。だが、「鋭い頭脳」の産物として『正直者』『竹の木戸』を、「柔かい心」の産物として『少年の悲哀』『画の悲しみ』をあげているが、むしろ『少年の悲哀』『春の鳥』（いずれも〝聞き書き〟〝取材〟という形式）などの作品は「鋭い頭悩」と「柔かい心」との調和のうちに成り立っているのである。

もしその不調和をいうなら、「悲劇的」だったという点、その点についてでしかいうことはできない。人間の悠久の自由が内部の深い「悲哀」を呼びおこす、つまり現実と内部の「自由」との落差を……。鋭い「頭脳」で現実を問うてゆく時、彼は彼の「心臓」をどうしても柔かくせねばならなかったのである。明治国家の強制する近代という現実を見つめつつ、そうして内部に歌う「自由」との調和を図る時、独歩には「悲哀」観としてしか、その自我の姿を確かめることができなかった。これは後に「ありのままの肯定」という似非《えせ》真理に見た静観、諦観、無理想無解決主義の陥穽におちいってゆく自然主義文学からは消え去ってゆくのである。

そして、その近代の「性格の分裂」を逆手にとって、自らの故郷から自己が迫害されるという設定を仮構し、その郷土を憤怒しつつ、むしろ一方では激しく愛憐し、憤怒の方向を近代国家そのものに定めたのが萩原朔太郎であった。

（未完）

愛の「病」の領域

僕はひとり残される
聴かせてくれ　目撃者は誰なのだ！
——鮎川信夫

1

三島由紀夫の自死を、わたしは昼休みの生徒会室で知った。

壊れかけた輪転機や折れた木材、破れたポスター、インクの残ったまま散乱した原紙やワラ半紙が山積された狭い生徒会室の隅で、ひとり弁当を使っている時、昼のラジオニュースでそれを知ったのだった。窓からは十一月の冷たい青空が強靱に切り込んでいた。その矩形の光のなかに、「割腹」だとか「自決」だとかいうアナウンサーの声が、徐々にあげてゆくボリュームに、かえってよそよそしくとび跳ねていた。暫くはニュースの内容がつかめず、アナウンサーの声の緊張感が不思議にここちよくただ茫然としていたのを覚えている。気がつくと、昼休みになると集まって来る常連達が来ていて、そのニュースに聴きいっていた。そのうち現場の雰囲気を臨場感たっぷりに復元して、自己流の解説を加え、新しくやって来た連中に伝える者もではじめ、狭い部屋はにわかに騒々しくなっていった。

それでもわたしはその意味するところが明確につかめて来なかった。意味をつかもうとしたのが誤っていたのかも知れない。わたしは生徒会室を出た。工業高校の電気科二学年の秋である。

その前の年、わたしは三島の出演した映画『人斬り』（一九六九年大映）を偶々《たまたま》観ている。三島は田中新兵衛という役で、全体のストーリーを今はほとんど思い出すことができないのだが、三島の田中新兵衛が何かの策謀に塡《は》まって割腹する、ただその割腹の場面だけは鮮烈な印象がある。筋肉の微妙な動きを、カメラはクローズアップしていたのではないかと思う。わたしはその場面だけを思い出しながら、単純ではないにちがいない死の、しかし実は単純な死そのものを、教室へ戻る途中思いつづけていた。同じ年に、近親者の不慮の死を見たばかりだったので、そういった映画もどきの死が自分の想像力では易々《やすやす》と明確化することができなかったのかも知れない。あるいは当時のわたしの内部には、まだ「自死」といった死への過程を見いだしていなかったのかも知れない。

だがその後、三島由紀夫の死を通してわたしは、当時喧伝されていた社会的なもしくは政治的な死といった関心よりも、むしろ「自死」そのものへの関心を深めていった。「真に重大な哲学上の問題はひとつしかない。自殺ということだ。人生が生きるに値するか否かを判断する、これが哲学の根本問題に答えることなのである。それ以外のこと、つまりこの世界は三次元よりなるとか、精神には九つの範疇《はんちゅう》があるのか十二の範疇があるのかなどというのは、それ以外の問題だ。そんなものは遊戯であり、……」カミュの『シーシュポスの神話』の冒頭部分であるが、しかし三島の死は「そんなものは遊戯であ」るという、その部分でなされたものであろう。

ひとりの人間の死に対してくだらない推測や独断はなすべきではないのだが、すくなくとも当時のわたしも、現在のわたし（'79年当時）もその「死」に対してはこれ以外の感想をいだくことができない。また同時に、作家三島由紀夫の残した多くの作品のどれひとつをとってみても、わたしはある意味での「遊戯」性を感じる。とはいっても、「遊戯」そのものを否定的にいっているのではなく、ある意味といったのは、それはヨハン・ホイジンガのいう「遊戯の範疇」にあてはまってくるという意味での「遊びの場の内部は一つの固有な、絶対的秩序が統《す》べている。（略）遊びは秩序を創っている。いや、遊びは秩序そのものである。不完全な世界、乱雑な生活のなかに、それは一時的にではあるが、判然と画された完璧性というものを持ち込んでいる。遊びが要求するのは絶対の秩序なのである。どんなに僅かなものでも、秩序の違反は遊びをぶちこわし、遊びからその性格を奪い去って無価値なものにしてしまう」という完結性を具えているからである。その作品には完璧な想像力がはたらいている。だが、瑕瑾なき想像力は「死」に等しいものとしてあるのだ。完璧な想像力、完結した想像力は「死」と等価であるから成り立ってゆくのである。なぜなら、その想像力の完結に到らないまでの空白感を埋めるための、日常という現実の肉体がそこには存在しえないからである。三島自身が、日々その肉体を鍛練してやまなかったのは、実はある種の逆説なのではないだろうか。彼は、確かに完結した「想像」の領域で生きていたので、むしろ逆に自己の実人生の空虚さに耐えることができなかったのではないかと思う。

想像力の、その「力」そのものが重要なのであって、「力」の及ぶ場合にそれは生への切実な方向性であるのだが、いったん想像力という原初的な欲求、換言すれば現実存在が持つべくして持っているいいようのない空虚さを、そしてその存在そのものの曖昧さを充足するための、想像力に附与された「力」が剥離してしまえば、既にそれは「死」の領域に属するものとなってしまう。「統一へのこの郷愁、絶対へのこの本能的欲求が、人間の劇の本質的な動きを明示」(『シーシュポスの神話』)するのであり、つまり、「郷愁」と呼び「欲求」というそのものに人間存在の本質があるのだ。

三島のそれは、既に完成された「死」であり、その時代とは相容れないものとしてあった。個人が持ち得る単なる「死」（もちろん死そのものはどのような死でも厳粛なものなのであるが）であり、個人が持ち得る「死」は、いきおい個人の内部へ帰ってゆくしかないのだろう。

さて、それから教室へ戻っても、わたしは事件の話には一切触れなかった。当時の電気科の教室の雰囲気というのはそういうものをたぶん受け入れることはなかっただろうし、おそらくひとりの級友を除いては、三島由紀夫という作家の名前と作品とを実際に読んだという学生はすくなかったのである。そうはいっても、その事件は徐々に教室にひろがりはじめていた。それは、三島の死そのものではおよそなく、自衛隊の市ヶ谷駐屯地でのクーデターの呼び掛けと、その果てでの割腹自殺という血腥い劇的な衝撃性によってであった。その教室の騒がしさのなかで、わたしが見凝めていた友人は、何事もなかったかのように泰然とただ弁当をつついていた。しかしわたしは、半ば興味本位のまま何日か前に彼のいった言葉を思い起こしていた。それは『憂国』について語った言葉だった。ここにあえてその言葉を書きつけるつもりはないが、それまでわたしは僅かに『潮騒』と『盗賊』を読んでいたきりで、『金閣寺』もましてや『憂国』などは読んでいなかった。だが、彼の言葉によって語られる『憂国』の、語り口に含まれた一種憂鬱なトーンは、その後三島由紀夫を読む度に、かならずといっていいくらい思い出されるようになっていた。

それから数カ月すると彼は、髪を切って教室にあらわれ、以後わたしは彼のながい躁鬱病に付きあわされ、その病の最後の瞬間までを見とどけるはめになってしまったのだった。最後というのは、あの『憂国』の死とほぼ同じスタイルの自殺（未遂）というかたちにまで発展し、その血塗れの現場に立ちあわされてしまうのである。

躁と鬱との激しい入れ替りに疲れ果て、また彼の起こす多くの事件に関係して、そろそろわたし自身さえも危くなりかかっている時だった。前の晩遅くまで話し込んでいて、おたがいの疲労は限界に達していて、神経は薄い被膜をいまにも破って弾けそうな一瞬を、いつまでもいつまでも堂々巡りしていた。わたしは彼に向って既に「死」という言葉さえも投げつけていたのである。「死」ということをわたしたちは語りあった。「死」という、観念的な経験を経ることによって、わたしは彼の内部で何かがいいかたちに解決してゆくことを希んでいたのだ。もう、これ以上彼の話をつづけるのはやめよう。だが、少年期の後半から成人へと移ってゆく境界人としての一時期、ただ唯一の友人であった彼の「病」の顚末を見つづけざるを得なかったという事実は、わたしにとって何か特別な意味があったのだろうか。「……じつは自殺の当日、絶望したこの男の友人が、よそよそしい口調でかれに話しかけたのではなかったか。その友人にこそ罪がある」（『シーシュポスの神話』）

その死までをも目撃してしまったことで、わたしは「目撃者」の役割をし、また「加害者」でもあり、そして同時に「被害者」でもあったのだと思う。「人は、あてにならない、という発見は、青年の大人に移行する第一課である。大人とは、裏切られた青年の姿である」（『津軽』）と太宰治はいったが、まさしく、ひとはその時死ねるか死ねないか、「死」を選ぶか選べないかによって、現実に裏切られてゆくしかないのではないだろうか。

2

日々わたしたちの肉眼をとりかこんでいるのは、メディアのなかで「死」を拡大された言語であり、単なる映像としての像である。拡大されたメディアを通ってくる現実は、それがいかに凄絶な現実であろうと、「現実」は単なる幻としてしか映らなくなってしまう。世界のどんな殺戮も、どのような飢餓も、既にそれが映像という「幻」でしかないという、無意識な安堵感を持って眺められている。そういう「幻」に対して幻滅感をもたないあるいはもてない、わたしたちは既に皆、病んだ存在であるのかも知れない。

「ひとびとは生きるためにこの都会へ集まってくるらしい。しかし、僕はむしろ、ここではみんなが死んでゆくとしか思えないのだ。僕はいま外を歩いて来た。僕の目についたのは不思議に病院ばかりだった」二十世紀の初頭、R・M・リルケが、『マルテの手記』に書きつけた冒頭の一節。マルテはこの大都会で孤独を、その本質を充分知らされる。その後ひとびとはどのように変貌して来たのだろうか。二つの大戦を経て、一触即発という危機感をいつも内部にたたえ、ひとびとはいったい何処へゆこうとするのか。気がつくとわたしたちは、ある日総合病院の待合室で待っていたりするのだった。

情報の、洪水のような氾濫はわたしたちをより一層孤独にする。そして風俗は分離化と分散化現象を起こして、個性的な様相を呈しながらも、その実ひとびとの生活は没個性化して、自己と他者との明確な区別さえもつきにくくなってしまっているのだ。

「あんたってひとは、何をして生きてきたの。あなたは自分が好き?」

「余り好きじゃない」

「そうでしょう。だからあんな塔の上に押しこめられたようにしてやっと住んでるんだわ。子供のとき読んだ西洋のかわいそうなお姫さまみたい。魔法使いに塔の上に閉じこめられるのよ」

「わたしは誰にも閉じこめられてなんかいない」

「じゃ自分で閉じこめたんだわ。あなたを見てるとたまらないわ」

「それよりきみは一体何者なのかね」

「そんなことどうだっていいじゃない。きっとその頭の中にはいろんなことがぎっしりつまってるでしょうよ。でもわたしの方があなたの十倍もいろんなことができる。自分の体を使って。(略)」

そう言われている間に、私は本当に自分が自分の人生を生きてこなかったような気になった。他人の事件、他国の戦争、行ったこともない国の権力争い、私の頭の中に溜っているのは他人のことばかりだ。(傍点=井上)

日野啓三『裏階段』(『文学界』一九七八年二月号)

この小説の登場人物は暴走族の少女と新聞社に勤務しているらしい中年男である。傍点を付したように、「魔法使い」に注意するとこの会話の謎が解きやすくなる。「魔法使い」というのは、この男の側であるマス・メディアの世界をいっている。だから少女は、男の返答に対して「じゃ自分で閉じこめた」のだと、直截な断言をくだすことができる。つまりここでは、世間的には、暴走族というぃわゆる現代社会の「病んだ存在」の一員である少女から、健康の象徴ともいえる新聞社の男が、本当に病んでいるのは誰なのかという抗議を実は受けているのである。しかし、少女にとってそれは抗議でも何でもない。「自分の体を使って」何でもできるということを、この男に向っていっているだけに過ぎないのだ。これは「愛」の領域に属することである。愛によって、「病」の主客が転倒してゆくのであるといってもいいかもしれない。

時代の「死」を克服することのできる唯一の可能性は愛と等しい想像力である。「たとえ現実の死に到らないまでも、愛する人間は、比喩的には必ず死を経験するはずである」これは川村二郎が古井由吉の恋愛小説『杳子』を評した文章のなかの一節である。知られているように『杳子』は、一九七〇年下半期の芥川賞を受けている。

近代以降の恋愛小説を語るには多くの言葉を必要とし、ある作品、例えば志賀直哉の『暗夜行路』を軸とし、例えば二葉亭四迷や夏目漱石といった作家を軸として語りださなければならないのだろうが、それはまた別の論を待つとして、ともかくも『杳子』をわたしは日本の近代小説が経験した恋愛のかたちの究極を示しているのではないかと思う。

ひとつの時代の「死」は、杏子というひとりの女性が自分の内部に病者（作者は単に「病気」というに過ぎないのだが、あきらかに神経症を患っている）を発見することによって、克服されたのではないのだろうか。川村二郎は先程の文章のなかでまた「比喩としての死が現実の死となることを望まないならば、いずれにせよ愛は、それが生まれてきた、生活の場に戻らなくてはならない」のだと、つづけていう。この川村二郎の文章は、小説『杏子』の愛を語って、まことに肯綮を得た批評であるといっていい。「それが生まれてきた、生活の場」とは、つまり杏子にとっては「病」そのものの世界なのであり、そして「病」としての日常の現実は、杏子にとっては真に「比喩としての死」であった。

後でもういちど触れるつもりであるが、生活の場に戻らなくてはならない「愛」に、究極のかたちでの愛の完成を望むことは不可能にちかい。だが性急にいいきってしまえば、未完であるからこそ「愛」によって「死」は克服されるのである。前章でも述べたように、なぜなら現実は「想像力」という領域を附加することによって、先験的に完成されているからであって、想像力こそが充足すべき現実の裏側で現実を支えているからなのだ。

古井由吉は『杏子』を発表した翌年、『文芸』に連作『行隠れ』を書いている。この小説にも、主人公泰夫の上の姉である祥子《よし》という、こちらは肉体的に不自由（片脚の不自由な）を持った存在として出てくる。「その日のうちに、姉（祥子）はこの世の人ではなかった」これがこの連作の書き出しである。「その日」とは、下の姉の婚礼の日である。姉祥子の死はあらかじめ読者にだけ知らされ、主人公はそれを知らず、最終章『夢語り』によってはじめてその死を知るという仕掛けになっている。それまでは主人公泰夫が死者との対話をつづけることによって、物語は進行してゆく。また、姉祥子と泰夫の女友達良子《よし》とが、泰夫の内部ではある落差をもって、つまり現実と死という落差をもって、語られている。

それはともかく、わたしがなぜここに『行隠れ』という小説をもち込んできたかというと、先程から述べている「比喩としての死」が『行隠れ』においては、比喩そのものとしての充分な重みを持っているからなのだ。

姉ははじめてはっきりと笑いを浮かべた。そして泰夫の憎まれ口を封じようとするように、不自由なほうの脚を沈めながら、軀を寄せてきた。
「疲れた……」泰夫の靴の先あたりを眺めてたずねた。泰夫は思わずこっくりとうなづいた。

「おんぶしてあげようか」と姉はまたつぶやいた。そして冗談を言ったというふうもなく、また微笑みの影のようなものをひろげた。

この哀切さは、その日に死んでゆく姉の哀切さである、といってしまっては誤りだろう。そうではなく、病者が健気《けなげ》であることの哀切さである。この段階で祥子は、比喩としての死を生き、現実の死を死ぬことになる。『行隠れ』においては祥子の死をもって、現実は生き輝きはじめるのではないだろうか。つまり祥子の現実的な死によって、泰夫の内部で、良子は死を克服することができる。いいかえれば、泰夫が良子の「病」を発見するのである。

目を明けた時、「泰夫、良子さんがあたしに会いに来たわ」という言葉が生の声のように耳に残った。

（略）

玄関の前の暗がりに立って、白いコートの立襟にきつく締めつけられた細い首を伸ばし、勝気な目で忌中の札を見上げている良子の姿が、最後に目に浮んだ。

（傍点＝井上）

わたしは、思いがけず『行隠れ』についてながく語ってしまったが、この『行隠れ』の哀切さが『杏子』の哀切さにも通底していると思うからで、繰り返すが、杏子は既に「比喩としての死」を生きてきたのである。

疲れた軀を運んでひとりで深い谷底を歩いていると、まわりの岩がさまざまな人の姿を封じこめているように見えてくることがある。そして疲れがひどくなるにつれて、その姿が岩の呪縛を解いて内側からなまなましく顕われかかる。地にひれ伏す男、子を抱いて悶える女、正坐する老婆、そんな姿がおぼろげに浮んでくるのを、あの時もたしか彼は感じながら歩いていた。その中に杏子の姿は紛れていたのだろうか。それほどまでに、杏子の軀には精気が乏しかったのだろうか。

杏子と「彼」とはこんな風にして「十月もなかば近く」の谷底で出会う。その出会いで、古井は「彼」に杏子の印象を「いままで人の顔を前にして味わったこともない印象の空白に苦しめられ」それでいて「目も鼻も唇も、細い頤も、ひとつひとつはくっきりと、哀しいほどくっきりと輪郭を保っている」といい「未知の女の顔でありながら、まるで遠くへ消えていくかすかな表情を記憶の中からたえずつかみなおそうとするような緊張を、行きずりの彼に強いた」といった風に、実にながながと語らせることからはじめる。これは山中での出会いであるが、街のなかで再会するときにも「渺とかすむ顔」は出てくる。そればかりか、全八章のなかのほぼ前半は杏子の表情をいうのに「漠とひろがった」「遠くから近づいてくるようにぼんやり」という風にあげれば、切りがない。例えば、最初のくちづけの場面では「杏子の唇は受け止めるでも拒むでもなく、感触をなにか漠としたひろがりの中へぼかしてしまった」と表現し、そして肉体を結ぶ場面では、「彼」自身さえも「彼の軀は内側からの存在感を失って、不安な輪郭の感覚だけに痩せ細っていった」という具合に、作者は執拗である。

しかしこれは、「病」という言葉に象徴させた、杏子という女性の存在のありかの曖昧さと不安感のためである。だが、その存在の不安と曖昧さゆえに、「彼」は自分が「たまたま杏子の醜悪な病いの目撃者」(傍点＝井上)になったのではないかと考え、「彼女をいま病気につなぎとめているのは他ならぬ自分自身ではないか」という思いにまで到る。

不条理とは「世界」と「人間」とを結ぶ唯一の絆であり、それは両者の共存のうちにある、とカミュはいうが、ここにおいても「彼」と杏子とをつなぐ愛は「病」という不条理の領域のなかで成立しているといっていい。杏子の「病」、その存在は、目撃者である「彼」を必要とする。現代のこの文明社会のなかで生きることのできる杏子にとって、「病」という存在理由がないと生きつづけている自己を確かめることができないからであり、そのためにも彼女は「彼」によって「病」を確かめられることを必要としたのではなかったか。また一方、「彼」にとっても目撃者でいることによってしか、杏子と、否、愛とつながっていることができなかったのではなかったろうか。

「この不条理は対立を糧とするものであり、対立の一方の項を否定することは、不条理から逃げだすことだ。（略）生きるとは不条理を生かすことだ。不条理を生かすとは、なによりもまず不条理を見つめることだ」（『シーシュポスの神話』）。先にわたしは、「死」は杏子というひとりの病者によって克服されたのではないかといったが、実は「死」は目撃しつづけるという、ひとつの想像力と等価な「愛」によって克服されたのである。

愛が、いわゆる無償の行為であるとするなら、愛とはいったい何か。愛とは「死」を克服するための想像力なのである。そしてそれが、現実の生活の場に戻って完成されなければならないとしたら、現実という、多様な没個性の日常のなかで、人間存在の本来的な姿である、愛の「病」の領域を見つけ出すことなのではないのか――。

「癖ってのは誰にでもあるものだよ。それにそういう癖の反復は、生活のほんの一部じゃないか。どんなに反復の中に閉じ込められているように見えても、外の世界がたえず違ったやり方で交渉を求めてくるから、いずれ臨機応変に反復を破っているものさ。(略)」

「そうね、あなたの思っている人生というのはそちらのほうなのね。でも、どんなに外の世界に応じて生きていたって、残る部分はあるでしょう。すこしも変らない自分自身に押しもどされる時間が、毎日どうしたって残るでしょう。そこでいつも同じことを、大まじめでくりかえしているのよ。あたしの思う人生は、こちらのほうよ」

『杏子』はさらに問いつづける。最初に引いた『裏階段』の、あの少女の言葉にも似ている。しかし、この論は『杏子』を論じるものではない。この論の主旨は既にいいつくしているはずである。

作品は完成されてはいけない。作品は問うことにおいて完成を回避しなければならず、また作品は問いを拒絶するための完成でなければならない。なぜなら現実の生活とは、生きるとはそういうことだからである。

文中引用
『シーシュポスの神話』（新潮社）清水徹訳
『マルテの手記』（新潮文庫）大山定一訳
『ホモ・ルーデンス』（中央公論）高橋英夫訳
『杏子』（河出書房新社）新鋭作家叢書
『行隠れ』（集英社文庫）
『裏階段』（文芸春秋社）『鉄の時代』所収

3. 講演録／
北村透谷
恋と内部生命の展開

北村透谷──恋と内部生命の展開──

ただいまご紹介いただきました井上です。

こうした場所でお話しするということですので、今日は、テキストといいますか、原典からの引用はなるべくさしひかえるようにいたしますが、やむをえずテキストにそって話すような場合があるかもしれません。話が込み入って分かりにくくなるかもしれませんが、その点はご容赦ください。

今日は、自由民権資料館の『透谷と美那子展』にちなんだ講演ということですので、本来であれば、民権運動と透谷ということを主眼にお話ししなければいけないのでしょうが、民権運動ということであれば、ここにおみえになっている皆さんの方が、わたしなどよりも余程詳しいのではないかと思いますので、むしろここでは民権運動以降の透谷という問題をお話しできればと思います。

1

それでは、その透谷という人はいったいどういう人であったのかということですが、透谷の来歴のようなものについては、資料館の方でご覧いただいた方はすでにお分かりかと思いますが、北村透谷は、明治元年の十二月に生まれまして、明治二十七年五月十六日に、満でいいますと、二十五歳四カ月で他界しております。それはまあ、最終的には自分で自分を殺すといいますか、自殺というかたちで他界するわけですが、二十五年の間で、いわゆる作品活動というのは、ほとんど明治の二十五年・二十六年の間に集中しておりまして、その間、百篇以上の評論あるいは詩作品を書き残しています。そうした透谷における集中力といったものは、どういう場所からきているのだろうか、といった問題。このことについてはまた後程ふれることになるかと思いますので、先を急ぎますと、最初にいった、透谷という人はどういう人だったのかということなのですが、それは、資料館の方に行かれた方は、そちらのポスターで写真を見たかもしれませんが、あの写真は透谷の十四歳当時のもので、あの写真については、桶谷秀昭さんの表現を借りますと、こんないい方をしております。

　肖像写真でみると、木綿の棒縞の着物に黒っぽい羽織を着て、頸巻きを無雑作に巻きつけ、襦袢の黒襟が無骨にはみ出している。濃く長い眉毛の下の眼は伏し目で何ものかをじっとみている。

《わが眼はあやしくもわが内をのみ見て外《よそ》は見ず》

とのちに『蓬莱曲』でうたった、あの眼を思わせる。口もとは緊っているが、やや厚い唇は過剰な情感を湛えている。生え際の濃い髪は長くのびて耳にかぶさっている。暗い顔である。

（『北村透谷小伝』）

　この頃、透谷は民権運動家の誰かに連れられてだと思いますが、八王子の遊郭に入り浸って、いわゆる悪所通いをしていたそうですが、やがてそうした場所から抜け出せたというのは、なんといっても透谷より五歳程年長の、後に決定的な別れをする大矢正夫というやはり民権家の青年との出会いが大きかったのだと思います。実は、この大矢正夫という人によって、透谷は民権運動の本質的な部分にたどりつき、そして、やはりその人を通して民権運動から離脱してゆくことになるわけです。
さて、その後の透谷の肖像は、島崎藤村の『春』（明治四十一年）という作品に登場します。これは透谷のおそらく二十四・五歳の頃だろうと思います。ちょうど藤村らとはじめた『文学界』という同人誌が明治二十六年に創刊されていまして、創刊当時、東海道筋の旅人宿《はたごや》に同人たちが集まる。その時の描写です。

青木（＝透谷のこと）は痩ぎすな方で、新しい紺飛白《こんがすり》の単衣を着て、兵児帯を無造作に巻付けている。寛《くつろ》げた懐《ふところ》からは白い夏シャツがあらわれていて、その紐釦の外れたところに、すこし胸の肌が見える。この男の物を視《み》る眼付《めつき》、迫った眉、蒼ざめた頬、それから雄々しい傲慢な額なぞの表情は、傷つけ破らざれば休まずとでも言ったような、非常に過敏な神経質を示していた。懺悔《ざんげ》するような口元には何となく人の心を牽引けるところが有った。それを見ると、世の中の惑溺《わくでき》や汚穢を嘗めた人の口唇《くちびる》を思い出させる。そこから力の籠《こも》った声が出る。

（島崎藤村『春』）

先程の十四歳の頃の透谷と、この藤村の描いた透谷とはほとんど十年くらいの隔たりがあるんですけれども、もちろん桶谷秀昭さんの方は写真で見てこのように表現しています。それで、藤村の方は実際に透谷と晩年の二年程の間、かなり親密なつきあいがあったわけですから、当然透谷その人を本人として識《し》っているわけです。十四歳当時の顔は、やや不遜な表情を浮かべている。写真で見ていただければ分かりますが、十四歳にしてはちょっとフケすぎている感じがあります。また、藤村の描いた青木、つまり透谷は、まあちょっとカレたようなといいますか、ある意味では神経質な文学青年タイプである。それでいて、どこか豪放磊落な部分が共通しているというところがあります。

　その十年という年月を隔てた透谷像を対比的にとりあげたというのは、透谷にとって「二つのもの」というのが、生まれたときから死に至る晩年までかなりの重きをなしているということがあるのです。それは、その二つのものというのか、あるときは激しい緊張感を持って渡りあっていたり、またあるときには離れて、懸絶してしまい、あるいは調和されて一つのものに収斂していってしまう。二十五年と四カ月の生涯のなかでそうした「二つのもの」が、重なったり離れてしまったり、先験的な分裂状態のまま一つになったりという、人生を送ってゆくわけです。

　透谷は、ご存じの方も多いかと思うのですけれど、十四歳ぐらいから演壇に立ちまして、民権運動の演説の練習をしたり、実際に運動のアジテーションをしている。そういうこともあるわけです。また、藤村の小説『春』の中で透谷が、しきりに自分の作品を朗読したりするシーンが出てくる。他者にたいする自分の問題意識を伝達したいのだ、という意識がそうさせるのでしょうが、それとは別に、演説や朗読をするということに、一種の自己昂揚というか、自己喪失による自己一体感というか、そうしたものを感じるための、昂揚感を獲得したいのだということがあるわけです。

たとえば、自分が演壇に立ち、はじめはトツトツと話しはじめる。そしてだんだん声のトーンもあがってきて、論理も飛躍したり、むしろ論理の後を声が追いかけてゆくような……。それは、自分を一つにさせてゆくというか、そうしたことがあると思います。

これはどういうことかといいますと、集約的に集中的に全き自己、一人の自分自身に昇りつめてゆく、そうした状態を求めていたのだといっていいのではと、思います。

また子供の頃には、戦記物やそれに類した物語りのたぐいを乱読しまして、戦争ごっこを好んだといいます。そうした「ごっこ」に夢中になったり、熱中してゆくということも、ふつうどこの子供でもそういうことをするんでしょうが、透谷においてはそれが相当激しかったようです。

こうしたことを考えあわせてゆきますと、もともと透谷には先験的に、生まれながらにして二律背反というか、二重人格的というとちょっと語弊があるかもしれませんが、人格の分裂みたいなものがどうしようもなくあったんではないか、そんな風に考えられます。このことは、病理学的な意味で後になって、いろんな評者が説明しておりますけれど、もちろん病理的な分裂も含めてですが、やはり生来の気質的な部分も影響しているのだと思われます。そうした分裂した自己、分裂している自己を回復させるために、先程申しましたような遊郭あそびなども熱中してしまったんではないか。明治二十年代の、そうした性の状況というのはもっと詳しく調べませんとはっきりしたことはいえませんが、周囲の友人や民権運動の同志たちに誘われてそんな遊びを覚えたのだろうとは察せられますが、十四歳ぐらいではたして遊郭というところにあがって女あそびをするということが、当時の水準からして実際にどうだったのかといいますと、やはりどう考えても早すぎるのではないでしょうか。今でいえば、中学生ぐらいですから、当時の十四歳にしても、やはり早い方ではなかったのでしょうか。そんなこともまた、自己昂揚というか自己没入、他者としての女性性にのめり込んでゆくというのが、そうした自己昂揚感をひじょうに渇望していた。そして集中的にかかわっていって、ある時、ふっとそれをやめてしまうというのも、一つの分裂した自己というか、気質のあらわれなのではないでしょうか。

また、民権運動ということでいいましても、運動にかかわっていった時期と離れていった時期がありますが、かかわっていった時期はともかくも、離脱したのは、一応文学史的には、「大阪事件」がきっかけになったとされています。つまり大矢正夫に誘われて、「革命のためなら手段を選ばず」といったことに透谷がたえられず、納得できなかったのだということですが、しかしそれさえも、一つの分裂した自己を抱えていた透谷の気質によるところが大きいのではないでしょうか。透谷自身、誠実であればある程彼を苦しませる。そのことは、自分の内部に在る霊性とか幻想とかのイメージとして自覚的に語っている。

そうした分裂した自分を抱え持っていたからこそ、恋愛においてもああした昂揚感のある、激しい恋愛ができたのでしょう。また恋愛も、透谷より八歳年長の平野友輔というこの人も民権運動家の開業医をやっているフィアンセが美那子にはいたのですが、そのフィアンセから奪うようにして自分の恋愛を成就する。三角関係というのも一種の分裂した状況といっていいのではないでしょうか。つまり、外側から与えられた分裂であって、透谷自身の分裂ではありませんが、恋愛においても分裂と出会わざるをえなかった。そして恋愛そのものもある両義性をそなえている。つまりからまりあった二つの意味を持っている。それは「実生活」と「故郷」あるいは「理想」と「現実」といいますか、そういう二つのものに分裂してゆくものだったのです。そうした恋愛の両義性が後に思想的な展開においてかなりの意味を持ってくるわけです。

透谷の思想の問題を正確に語るのはむずかしいのですが、結局、透谷の思想は勝利できなかった思想ではないか、負の方向へ負の方向へと自身を追いつめていってしまった思想ではないか、と思います。思想として自分の内部に収斂しきれないまま、透谷は他界してしまったんではないか……。外部が圧倒的におしよせてきて内部が破れるというのではなく、むしろ過剰な内部のあふれが透谷の心を空洞にしてしまったのではないでしょうか。思想そのものが、「そこ」に「そのまま」放擲《はうてき》されてしまったような、もちろんそこには現在に生きているわたしたちにとうていたどることのできないような苦悩の純粋性があることには変わりないのですが……。また、透谷についてこれまで実に多くの方が語られていまして、語るということあるいは批評する場合において、自己体験のモチーフ、自己史の軌跡に重ねてしまいがちなんです。要するに、自己体験のモチーフを重ねあわせて読むという読み方が透谷にはできてしまう。なぜかといいますと、それは透谷の思想そのもの、提出した思想そのものに、最終的には、変容してゆく「はざま」、いいかえますと、変わってゆく「中間《なかば》」といいますか、二つのものがせめぎあいながら、それが一つのものを成立させるということの他に、変容しつつあやうい中間を創っている。そういう状態のまま放擲されているからだと思います。

昭和になっても、戦前においてはロマンチシズムの片棒かつぎにまつりあげられたり、また戦後においても、小田切秀雄さんの、ほとんど透谷像の決定的な姿ではと思われがちな「政治運動からの離脱、そして文学へ」というモチーフ。ある意味ではこれもあまりにもロマンチックな透谷像になってゆく……。

透谷が獲得しようとしていった絶対的な「中間」あるいは「なかば」。自己と社会といったものは対立関係の中で常に変容してゆくわけですから。あるいは対女性関係・関係性といったものは透谷にとっては常に変容してゆくものとしてあった。そしてそうした変容するものの外部を支配するのが不変な人間性としての「秘宮」であり「内部生命」であり、ひいては「厭世」ではなかったか、と思います。そうしたことが、宙吊りになったまま「ある場所」、「そこ」に生きつづけてきている。確かに透谷については考えるたびに新しい発見に気づかされる。逆にそのことは、自分の意識が経験的に読むということを再発見してゆくからなのでしょう。

ふたたび透谷にそくしていえば、そうした問題が未解決のまま自殺してしまうわけで、死への昂揚を選択してしまい、思想的には退嬰的に、衰弱的に調和していってしまう。そういったことが、文学史的な意味の中では、透谷からの流れを変えていかざるをえなかったのではないでしょうか……。

2

さて、透谷の最晩年にあたる作品に、蝶をテーマにした詩が何篇かあります。『蝶のゆくへ』、『眠れる蝶』、『雙蝶《そうちょう》のわかれ』という詩です。この作品には今までお話しした透谷の意味がよくあらわれている。二重関係、二重構造といったもの、それらの対立するものの緊張関係に、透谷がまさに疲労している。疲れきっていて、なおかつ作品を創っていかなければならないのだという切迫した意識が感じられます。

分裂した自己を鎮めなければという意識の集中力、そうした意識の集中力がふっと消えてゆくのが明治二十六年の暮れで、自殺未遂をする。その後「我が事終れり」といって、翌年の五月に他界するまでもう筆を執らなかったそうです。集中力と集中力の狭間みたいなものが、また透谷に波のようにおしよせてくる。書くときには相当の緊張感をもって書いているわけですから、そうしたことを持続させること、近代と自己、民衆と近代、……といったものを二重の方向から見つめていったとき、大調和という「ゆるし」のようなものを自分にゆるしたのではないでしょうか。

ここでちょっとその作品の一つを読んでみますが、まず明治二十六年の九月に発表された詩『蝶のゆくへ』。

舞ふてゆくへを問ひたまふ、
　心のほどぞうれしけれ、
秋の野面をそこはかと、
　尋ねて迷ふ蝶が身を。

行くもかへるも同じ関、
　越え来し方に越へて行く。
花の野山に舞ひし身は、
　花なき野辺も元の宿。

前もなければ後もまた、
　「運命《かみ》」の外には「我」もなし。
ひらく〳〵と舞ひ行くは、

夢とまことの中間《なかま》なり。

「夢とまことの中間なり」といってしまう。「ひらく〳〵」という、蝶の飛ぶ様をここで表現する一つの手段なのでしょうが、「ひらく〳〵」という繰り返しのなかに、ひじょうに自嘲的な自己史というか、自分の今までをふり返ってみて、自嘲的になっている。すでに前もないし後もないんだと、ただ運命の外には我もない。もう透谷そのものが、運命という大きな無意識の流れの中に消えていってしまっている。しかしそれでもなお、「夢とまこと」の中間に、わずかな自意識のようなものが揺曳している。「夢」というのはどういうものかといいますと、真実の姿の近代であったかもしれないし、「民衆の力」であったかもしれない。特定できませんけれども、透谷の追い求めていった思想の極点、それが「真の近代」であったろうと思います。また「まこと」というのは、自己の真の姿ではなかったか。そうした近代と自己という真の姿が重ならないいま、ただ「運命」という「ゆるし」の「中間」でただようしかなかったのだろうと思います。

また、『眠れる蝶』という明治二十六年九月に『文学界』に発表した作品がありますが、これも読んでみます。

けさ立ちそめし秋風に、
　「自然《しぜん》」のいろはかはりけり。
高梢《たかえ》に蟬の声細く、
　茂草《しげみ》に虫の歌悲し。
林には、
　鶇のこゑさえうらがれて、
野面には、
　千草の花もうれひあり。
あはれ、あはれ、蝶一羽、
　破れし花に眠れるよ。

早やも来ぬ、早やも来ぬ秋、
　万物《ものみな》秋となりにけり。
蟻はおどろきて穴索《あなもと》め、
　蛇はうなづきて洞《ほら》に入る。
田つくりは、

あしたの星に稲を刈り、
山樵《やまがつ》は、
月に嘯《うそ》むきて冬に備ふ。
蝶よ、いましのみ、蝶よ、
破れし花に眠るはいかに。
破れし花も宿仮《か》れば、
運命《かみ》のそなへし床なるを。
春のはじめに迷ひ出で
秋の今日まで酔ひ酔ひて、
あしたには、
千よろづの花の露に厭き、
ゆふべには、
夢なき夢の数を経ぬ。
只だ此のまゝに『寂《じやく》』として、
花もろどもに滅《き》えばやな。

この作品では、自分の今居る場所がひじょうにあやういところなんだと、「破れし花」の上に居る。「破れし花」というのはおそらく透谷の理想としての近代の破綻。そしてその近代の上に長らえている自分というものが一体なんだったのか、というようなところにいってしまっている。透谷のいっていることのなかに、自分の「内部生命」というものが近代というものの理想の姿を映しだすんだと、逆に自分の「内部生命」といったところに近代というものは照り返してくるのだと繰り返しています。他にもいろいろないい方をしていますが、『各人心宮内の秘宮』という評論の中では、「第一の宮」と第二の宮「秘宮」という二つの心の「宮」を設定している。第一の「宮」では、近代国家のおしすすめてきた上昇志向・国民国家という御仕着せのアイデンティティ、現実の把握のしかた、現実的なものがおしよせてくるのが「第一の宮」、そして「常に沈冥にして無言」な第二の「秘宮」があるのだと……、そこにおいてしか、人間の本質的に生きる意味がないのだという。そうした心の二重構造を提出する。

自己の内部の分裂、あるいは理想と現実との分裂を見つめながら、評論活動もよくし、生きえたということは、そうした統一を得る以前の二律背反的な分裂した自己を抱えつづけてきたのではないかと思います。

この詩に関して、ちょっとしたエピソードがありまして、藤村の『春』の中に、青木

（＝透谷）が岸本（＝藤村）に向かってこの詩を読んできかせる場面があります。

「貴方。」と操は夫の方を見て、馴々しい調子で、「今の歌の中に、『運命《かみ》のそなへし―』といふところが有りませう。あそこのところを少許直したら奈何でせうか。」

斯う言い出したので、菅も、岸本も同じように細君の顔を眺めた。

「『運命のさだめし―』とした方が可いかと思ひますわ。」

青木は笑はずに居られなかった。

「僕の細君もこれでなか〳〵詩人だよ。」

斯様《こん》な諢談《じょうだん》が二人の友達を笑はせた。操は苦笑ひして勝手の方へ行った。

操とは、美那子のことです。ここではもちろんこれは小説であるし、これが真実かどうかはともかくとして、藤村が明治四十一年に小説の中で、当時の透谷夫婦をどういう風にながめていたのかというのがよく出ているのではないでしょうか。透谷と美那子が明治二十六年の頃をどういう風に過ごしていたのかというのが分かる。どういうことかと申しますと、透谷は「運命のそなへし―」といっています。「そなえる」というのは自然に準備されていて、自分の運命に身をまかせるのだというやすらぎといったものがうかがえる。一方美那子にいわせると、「さだめし――」でなければいけないと、「さだめる」というのは運命の強制というか、むりやりそこに連れていかれるという意味をもたせている。実際そういったかどうかは分かりませんが、こんな別々の見方を藤村の目から見ると、当時の二人はしていた。

『厭世詩家と女性』(明治二十五年)の中で、「恋愛によりて人は理想の聚合《しゅうごう》を得、婚姻によりて想界より実界に擒《きん》せられ、死によりて実界と物質界とを脱離す。」といい、女性は恋愛の成就とともに「俗界の通弁」になってしまうのだといっています。厭世詩家というのはそういうことをいちばんきらう。つまり女性性(=理想)との関係において現実とのつながりを持っているわけですから、その女性が「俗界の通弁」になってしまうということは、最終的に対立し関係性を喪ってしまう。透谷と美那子の間においてもいわゆるこうした生活の破綻というか、葛藤がかなり現実的になっていたんではないかと思われます。

3

透谷と美那子は、明治十八年六月に野津田の石阪家ではじめて出会うわけですが、その後明治二十年本郷龍岡町の美那子の父昌孝の隠れ家にて再会し、たがいに恋愛感情をいだきあう。しかし透谷はその時、その恋情を一旦は放棄しようとします。断念しようとするわけです。透谷の本心ははたしてどうであったか分かりませんが、書き残したものによると、美那子には教育もあり知識もある、立派な家庭に育ったいわゆるお嬢さんである。自分はどういう者かというと「敗余の一兵卒」であり、なす事もなくフラフラしている。そうした自分に自信がもてなかったわけです。仮に本気で透谷がこういうことを考えていたのだとすれば、たとえ一時的ではあれ美那子と美那子の家庭に対してそうとうのコンプレックスを持っていたことになります。もし書き残したことだけを真実であると考えると、その後の透谷の思想の構造、とりわけ『厭世詩家と女性』などという作品の構造がちがったものになってきてしまう。むしろ美那子を断念しようなどという気は透谷にはもともとなかったのではという気がいたします。その年の八月十八日付の美那子宛の書簡や、すぐ後に書かれたとされている『《北村門太郎の》一生中最も惨憺たる一週間』などを見ても、透谷が美那子と出会い美那子を断念しようとする経緯が自己の来歴とともにイキイキと描かれています。いわば表現するということに透谷が、美那子の獲得を賭けて全力をそそいでいるように思えます。

ここにあらわれている透谷の気鬱病的な一面は、なにも透谷だけに限ったことではありません。それは明治近代においては、二葉亭四迷にしても、森鷗外にしても気鬱病的な分裂的なものに侵されていました。つまり一種の時代病だったわけで、過剰な自意識の持ち主たちにとって共通の病いでもあったわけです。このことについて今日は詳しくふれることはできませんが、二葉亭の『浮雲』や鷗外の『舞姫』の主題にも透谷の追い求めていた主題と通底するものがありますし、二葉亭も結局『浮雲』を完成することができず、鷗外も『舞姫』の主題を途中で捨ててしまう。明治二十年代の激しいまでの時代病というものに侵されてゆくということがあるわけです。

また、二十年前後を境に民権運動は完全にその勢いを失ってしまい、二十二年には帝国憲法が発布されると、立権制という一つの絶対主義的なものが明治国家に確立されてゆく。

さて、その後透谷と美那子は明治二十一年十一月三日に結婚いたします。そして翌年四月透谷は最初の詩作品である『楚囚之詩』を自費出版します。それ以前のこと、明治十九年から二十年の前半についての透谷はよく解かっていません。いろいろな説がありますが、いわゆる現実生活の中に沈潜していたのだといっていいと思います。書くということにおいて、透谷がようやく文学史の中に登場するのはやはり美那子との出会いが大きな意味を持っているのではないでしょうか……。政治運動から離れ、「一大文学者」

となるのだという決意を成立させるのは、美那子を介して、「美那子」に向けて自分を開放することではじまったわけです。

政治運動とその挫折は、透谷にとって一つの贖罪感としての意味を残していました。また、当時の恋愛というのは、西洋からキリスト教主義といいますか、新しい思考の形式が入ってきていまして、明治国家の欧化主義とあいまって、そうした新しい「思考の形・方法」が多くの青年たちをとらえていました。そのことが、青年たちの心の回路に入り込んで、日本の歴史の中に「恋愛」という観念が、もう一つ別のレベルの思考として出てきたのだといえます。つまり、「恋愛」に意味が付与されたわけです。当然透谷もその影響を受けざるをえなかった。恋愛というのはキリスト教思想にとって原罪というか病いの領域の問題であるわけですから、透谷の持っていた民権運動への挫折感・罪の意識、それと恋愛をするという無意識の内部にある原罪感とが、一致したのだといえます。そうした経緯にそって透谷ははじめて自己の民権運動体験を、もう一度、ちがった思考の形・方法によって考え直すことができたのではなかったか……。考え直すことによって、問題意識として成立させたんではないかという風に考えることができます。

4

そこにはじめて最初の作品『楚囚之詩』が登場します。それは、分裂的な危機を持った自己の暗部を囚われた不自由なものとして抽象しました。

当初、透谷は自信を持っていまして、意気揚揚として出版に踏み切る。しかしその後、破り捨てるようにして出版を中止してしまう。どういう意識のあらわれなのかといいますと、これにもいろいろ説がありますが、今いいましたようにこの作品は、自己意識の深化がいわば楚囚としての意識つまり自我の立体化が、囚われた者としての意識だったわけです。それは近代に対する批判であると同時に、生き長らえる自己に対する批判でもあった。国家の国民という強制的な国家と個人意識との同一をめざすものに対する批判であったからなのです。むしろそうした透谷自身の批判意識に、たとえば「大赦」によって出獄するという設定も、国家の脱臼、つまり国家の意識の外で行われる出獄であったというテーマもかくされている。だからこそ、透谷は自分の批判意識の直截性におびえたのではないかと、思われます。

その一部は、幸か不幸か既に出版されてしまい、現在資料館に展示されていますが、そうしたことから、透谷は最初の作品を自分の手で破棄することになります。

恋愛、結婚と生活の上昇してゆく過程にあって、それに反するように、内面的には自分の体験を作品として立体化するだけの醒めた意識を育てていたのだと思います。「はや今は口は腐れたる空気を呼吸し／眼は限られたる暗き壁を睥睨し」という、楚囚意識を立体化し作品化できる位置に透谷は、既に居たのです。

日本近代詩・新体詩が、七五調・五七調のリズムの中で自足しようとしていたとき、透谷は詩の中に物語を組み込んでくる。詩は当然破調をきたすわけです。新しいものの胎動というのは大体においていつもこうした苦痛と破綻との残骸の中から生まれてくるのですが、このことによって透谷は、当時のリズムでは自分の主題を表出できないのだということを知ります。しかし、逆に彼は表現できえないところに主題の本質をつかんだのだと、いっていいでしょう。この『楚囚之詩』には、当時の文学の状況、つまり意識の自律性を得るための思考の回路としての文学を超えようとする踠《あが》きが感じられます。

後に、透谷は自分というリミット（限界点）に自足している自身をミミズにたとえて、ミミズのように暗い所に居て自身が自分を限定してしまっていることの意識の矮小性を指摘していますが、詩作品においても伝統という限定された枠からどうしても抜け出したかったのだと思います。そんなところに透谷の踠きがある。『楚囚之詩』は、作品としての完成度からいえば、あまり評価できないのでしょうが、それでも透谷の提出したテーマが明確に屹立してくる契機にはなったのだろうと思われます。それが後に『蓬萊曲』という劇詩、大叙事詩に発展してゆくわけです。

5

ここで、『蓬萊曲』（明治二十四年）という劇詩についてお話ししたいのですが、なにしろ長大な作品でありますから、今日はなるべく簡単にふれることにいたします。

そもそも『蓬萊曲』というのはどういう作品かといいますと、その「序」に透谷は友人某の問いに応答するかたちを借りて、「わが蓬萊曲は戯曲の躰を為すと雖も敢て舞台に曲げられんとの野思あるにあらず、余が乱雑なる詩躰は詩と謂へ詩と謂はざれ余が深く関する所にあらず、（略）唯だ余が此篇を作す所以の者は、余が胸中に蟠踞せる感慨」をあふれるがままに書いたものだといっております。現在どのような評価がなされているのかといいますと、桶谷秀昭さんがこんないい方をしています。「これが問題作であることはまず疑いのないところだが、作品の出来栄えについては、今日まで賛否両論あって定まらない。尤も、無条件の讃辞もないかわりに、箸にも棒にもかからぬ失敗作という全面否定もないので、そこに、この混沌とした扱いにくい作品の問題作たる所以がある」のだと……。

確かにそのとおりです。今日までこの『蓬萊曲』には作品の成立・構成上にバイロンや他に様々の影響関係がいわれていますが、その影響関係をどうこういうことよりもむしろ、透谷の思想の磁場に、『蓬萊曲』という作品の骨組を打ちたてたとき、そこに様々な意匠や表現が呼び込まれてきたのだといっていいでしょう。したがって当然それは透谷の作品であって、他の何物でもなかったわけです。

まず、『蓬萊曲』には柳田素雄という主人公が設定されています。そして蓬萊山という架空の霊山を登ってゆく。いわゆる彼岸行です。具体的には透谷が若い頃登った富士山を念頭に置いて仮構されたのだともいわれていますが、幻の彼岸の山といっていいでしょう。登るということは頂上を目差してゆくのですが、ここでは上昇と「死」とは同義語であって、露姫という、今は亡き（あるいは心変わりしてしまった）女性を思慕しつつ登ってゆく。そして自分というものは、もはや現実の「名誉・富・栄達……」といった苦役から逃れるのだという意識のもとに蓬萊山頂を目差してゆく。つまり思慕することと死ということが表裏一体になっている。なぜ素雄が蓬萊山頂を目差すのかといった裏付けはなく、ほとんど思慕という情熱にせかされるようにして登ってゆくのですが、その間、鶴翁（道士）や小鬼・青鬼どもあるいは恋の魅といった「怪しい者」たちと出会い、素雄を問いつめたり追い返そうとしたりする。そして最終的には山頂で大魔王と出会う。

大魔王、をかしやな、をかしやな、
　王侯貴族は、珍宝権威を得れば、
　勇み喜びて世を此上《こよ》なき者と思ふ、
　商估《あきうど》は黄金《こがね》の光の輝々《かがやき》を見れば、
　苦《く》もなく疚《やまひ》もなく笑ひ興《きょう》じて世を渡る、
　農家《たつくり》は秋の穂竝《ほなみ》の美くしきを見《みれ》ば
　濁酒《だくしゅ》三杯の楽しさ忘れずと言へり、
　　（中略）
　然るに怪しきは汝《いまし》なり、
　何《なに》を左は苦しみ悶ゆるぞ。」

大魔王は、素雄が浮世（現世）を捨てて、なぜおまえはこんなところまで登って来るのだと不思議に思う。それに対する素雄の答えは、

素、おもへばわが内には、
かならず和《やわ》らがぬ両《ふた》つの性《さが》あるらし、
ひとつは神性《かみ》、ひとつは人性《ひと》、
このふたつはわが内に、
小休《こやみ》なき戦ひをなして、
わが死ぬ生命《いのち》の尽《つ》くる時までは、
われを病ませ疲《つか》らせ悩ますらん。
つらくわが身の過去《すぎこしかた》を思ひ回《かへ》せば、
光と暗とが入り交《まじ》りてわが内に、われと共に成育《おひたち》て、
このふたつのもの、たがひに主権を争ひつ、
屈竟《くっきょう》の武器を装ひて、いつはつべしとも知らぬ長き恨《うらみ》を醸しつあるなり。
この戦ひを息《やす》まする者、「眠《ねぶり》」てふ神女《かみめ》の贈る物あれど、
眠《ねぶり》の中にも恐ろしく氷の汗を、しぼることもあるなれ、

（中略）

つまり二つのものが自分の中で戦いを繰り返して、眠ることもままならないくらい苦しいんだ、と。そして自分は世の中にもう生きる望みはないんだという。これが、大魔王と素雄との問答の一部なのですが、素雄はそもそも山頂で大魔王なる者に出会うとは思ってもみないわけです。どういうことかといいますと、大魔王と出会うちょっと前にこんな会話があります。鬼王の第一、二、三との会話。

素、鍼黙《つぐめ》！　小鬼共！　神に背きて
　　人を詛《のろ》ひ、世を逆行《さかゆ》かす白徒《しれもの》！
　　さばきの日を待ちて、汝を、汝を、熱火《ねっくわ》に投げ入れふぞ。
　　怪しきかな、この霊山《れいざん》に悪鬼《あくき》を見んとは、
　　左ては霊山《みやま》も頼《たのみ》なき澆季《はて》になり果《はて》しや。」
　　（小鬼共再びどっと笑ふ）
第一鬼王、神とや？　おろかなるかな、神なるものは
　　早や地の上には臨《のぞ》まぬを知らずや。

われらの主なる大魔王《おほきみ》、こゝを攻取りて年経たり。
汝《いまし》がごと愚なる物は悶《もだ》え滅びさせ、
かしこきものには富と栄華を給ふことを知らずや。
（中略）

つまりここに至るまで、素雄は自分の中の「神性《かみ》」と出会うために、唯一、思慕という情熱をたよりに「霊山」に登ってきたわけです。しかし、この「霊山」に、「神性」と「人性」という二重構造の一方を得、自己同一化しようとする夢をも断たれてしまう。二重の絶望の前にいよいよ死を決意するわけです。仮構しえた「蓬萊山」という現実にそうして拒まれてしまう。そして中空に投げだされるような形で死ぬ。

6

この『蓬萊曲』には『慈航湖』という、本篇と比べるとごく短い別篇が付されています。

死んでしまった素雄が、波もなく鏡のように静かな湖上の舟の中で、露姫に、眠り

（死）から起こされる。それから二人して湖上を彼岸に向かう、簡単にいってしまえばそういう作品です。

この別篇は一般的には、素雄を救済するための、あるいはスリリングでダイナミックな本篇を救済するための作品であるといわれています。また透谷自身が付言しているように自身の「痼疾」に苦しんで中絶した作品であるともいわれております。透谷自身の付言に惑わされがちですが、これはむしろ透谷の本当に書きたかったことはこの「救済」の中にあるのであって、本篇の「思慕」と「厭世」との輻輳《ふくそう》したテーマの昂揚した頂点として最初に予定されていた調和ではなかったかと思われるのです。いわば一つの台形をなした円柱状をしているのではないか、その頂点に『慈航湖』という湖が置かれていたのではないのかと思います。『蓬萊曲』本篇はかなりスリリングで、透谷の仮構しえた「大魔王」そしてその配下たちは、近代国家の構造をよく象徴しえたのではないかと思います。その象徴の構造の中を「厭世」という先験的に与えられた観念をかかえた分裂した心を持った主人公が、自己分裂を同一化しようという意志（思慕）に急がされて登ってゆく、つまり解釈しようとするわけです。しかしその頂上には「神性」ではなくより強固な二重性をかかえ持った「大魔王」がいる。そして「死すればこそ、復た他の生涯《いのち》にも入るらめ、」という諦観とともに死を決意する。霊山に登る「彼岸行」をしているのにもかかわらず、ふたたび湖上の舟の中で死から目覚めさせられて彼岸を目差す。その彼岸は二つあるわけですが、本篇の苦衷とともにある彼岸、そして別篇の道行とも見まがうばかりの彼岸行。そして後者が快楽的な彼岸行であるために永久にたどりつけないものとなっています。要するに「別篇」は中絶ではなく、それ自体で一つの完結しえた作品、いってみれば本篇の前提としてあったのではないでしょうか……。それゆえに、本篇の文体の引き裂かれた意味、そしてテーマの二重性があったといっていいのではと思います。

『慈航湖』というのは、やはりまた本篇の第一齣（一場）に戻ってきて、素雄は露姫とふたたび引き離される運命にある。そうでなければ、素雄がなぜこの霊山を登るのかという意味が、その裏付けがなくなってしまう。したがって、本篇『蓬萊曲』と別篇『慈航湖』はメビウスの環のような円環状のなかで、肥大してゆく。ひいてはそれが近代という国家の構造の在り処《ありか》なのだといっていいでしょう。

そうした幾重にもからまりあったテーマをふたたび解体し構造的に読み直す試みをしなければ、この『蓬萊曲』という謎めいた作品の本当の姿が見えてこないのではないか、というのがこれからの課題なのかもしれません。

7

このくらいのところで『蓬萊曲』については長くなってしまいますのでやめますが、その関連のなかで、恋愛の問題というのがもう一つ出てきます。素雄が、死者である露姫を思慕する。ここには現実的な意味での恋愛の不可能性の問題が提出されています。篇中に仙姫《やまひめ》というのが出てきますが、その仙姫の歌は大変美しい調べを持っています。大魔王と戦うところとはちがった意味での大変美しい部分です。それは生きた言葉ではなく死の方からやってくる、死後において、死という自然の調べに乗って歌われていきます。

歌

（仙姫《やまひめ》内にて歌ふ）

きみ思ひ、きみ待つ夜《よは》の更け易く、
ひとりさまよふ野やひろし、
彼方なる丘《をか》の上《へ》に咲く草花を
たをりきつゝも連《つれ》なき身、

誰が胸にかざし眺めん由もなく、
思はずも揉《も》めば散りける花片《はなびら》を、
また集むれど花ならず。
（第二齣・一場）

『蓬萊曲』は明治二十四年五月に出版されますが、翌年の二月『厭世詩家と女性』という、透谷の名を最も有名にした評論が出ます。この評論は、恋愛としての思想を、新しい思考の回路で打ち出したということで画期的だったわけですが、この、恋愛の可能性から不可能性へということではなく、むしろ恋愛の可能性を問いかけることにおいて、現実への批判といいますか、明治近代という社会への批判を導き出すわけです。恋愛というインスピレーションの発動が人生（世）への入口を開くのだという。その発動をよくし正直なのは、現世から離れた「厭世家」であるのだという。

「彼等（厭世家）は人世を厭離するの思想こそあれ、人世に羈束《きそく》せられんことは思いも寄らぬところなり。婚姻が彼等をして一層社界を嫌厭せしめ、一層義務に背かしめ、一層不満を多からしむる者、是を以てなり。かるが故に始《はじめ》に過重なる希望を以て入りたる婚姻は、後に比較的の失望を招かしめ、惨として夫婦相対するが如き事起るなり。」

もともと恋愛が不可能なところから、先程述べた秘宮からのインスピレーションによって人生までをも導き出す可能性を持った恋愛。それが、婚姻によって不可能性という現実をふたたび呼び込んでくる……。よくひきあいに出される「近代的自我」などいう静止したものではなく、常に流動し発展すべきものだったわけです。ひいては、恋愛と婚姻を通してこの現世の中で人間的であるということは可能なのだろうかと、問うているのです。

次に、透谷は「粋」と「俠」の問題について論じていますが、「粋」も「俠」も、もともと遊郭内の理想（＝不文律）なのだといっています。

「粋は愛情の公然ならぬより其障子外に発生せしもの、俠は武士道の軟弱になりしより屏風外に発達せしもの、此《この》二者異なれども其原因は同様にして、姉と弟との関係あり。」

徳川時代、町民社会において武士道の模倣として遊郭という制度を設けたわけです。だからこそ透谷は郭の中の恋愛を批判せざるをえなかった。どうしてかといいますと、近代国家の制度が国民意識を強制するとき、そこに本質的な恋愛は成立しえないのだといったのと同じ意味なのです。恋愛の可能性を問うてゆく。現実は女性という「俗界の通弁」を借りておしよせてくる。そうした批判を通して見えてくる社会が、不動のものだとしたら、もはや恋愛は自立できないのだといっているわけです。

つまり内部生命の在り処、そうしたものを発見すること、そうしたところに真の国民の目覚め、制度によって強制された国民ではなく自然性（造化《ネイチャー》）のなかに依拠した人間的な国民・国家があるのだといっています。

8

今日までの近代文学史の研究の成果において、透谷はいわゆる「近代的な自我」の覚醒を導いたことに大きなはたらきをしたという風にいわれております。ところで、自我というのははたしてどういうことかといいますと、「自我」だけで人間は生きているわけではないわけです。もちろん「本質的な自我」というのはありますが、それを被っている人間の性格というものもあるわけです。そういうものも透谷は同時に発見していったわけです。「性格」というのは、これをあえて「第一の宮」といってもいいかもしれません。けれどそれは、いわゆる現実的な「名誉欲・金銭欲……」等、そうしたものに影響されて変わってゆくかもしれない。あるいは強圧的な近代国家という制度のなかにのめり込んでいってしまうかもしれない。そうしたとき、本質的に「自我」に目覚めていなければいけないんだと、「自我」と同時に影響を受けながらも不変なものといいますか、それを同時に発見した。そうした内部生命の展開のなかで、透谷は最終的にどういうところへいきますかというと、最初にとりあげた「蝶」の詩の方へゆく。

その頃書かれたエッセイに、『万物の声と詩人』（明治二十六年十月）というのがあります。

　無絃の大琴懸けて宇宙の中央にあり。万物の情、万物の心、悉《ことごと》くこの大琴に触れざるはなく、悉くこの大琴の音とならざるはなし。情及び心、一々其軌を異にするが如しと雖、要するに琴の音色の異なるが如くに異なるのみにして、宇宙の中心に懸れる大琴の音たるに於ては、均《ひと》しきなり。（中略）、「自然」は万物に「私情」あるを許さず。私情をして大法の外に縦《ほしいまま》なる運行をなさしむることあるなし。

「万物の声」と呼応する一つの大調和の流れとして、人間一人一人がどの悲しみ、喜びのなかにひたっていても、それはそうではなくて、類としての人間の大きな悲しみや喜びであるのだと……。そういうところに、透谷は入ってゆく。要するに、「自然」は全てのものに「私情」のあることをゆるさない。「私情」を捨て去ることによって根本の内部生命の在り処にたどりつくのだという。それは今まで展開してきた緊張関係、関係のダイナミックな二重性を別のいい方に置き換えてしまっています。むしろあるがままの関係性を、調和と不調和という明瞭な場所に位置づけてしまっています。

最後に『一夕観』（明治二十六年十一月）というエッセイがありますが、その中で、透谷は宇宙の中に自分が透徹していってしまう。作品行為そのものは、言葉によって言葉を消してゆく行為なのですが、作品を読もうとするときわたしたちは「言葉」を読むのではなく、例えば絵を観るときも絵の具を観るのではない。また音楽を聴くときでも譜面を聴くのではなく、究極的には一つの音にすぎないもの、一つの言葉にすぎないものが作品として立体的に成立してゆく。その際に、構造という立体が「言葉」を消してゆく。つまり、言葉が言葉を消してゆくわけです。透谷が、透徹していってしまったときに、それは作品としてあるいは思想としては残るかもしれませんが、透谷その人は消えてゆく。二重構造と変容する中間《なかば》をそこに置いたまま、透谷はダイレクトな緊張関係を持続させることなく、大宇宙という観念のなかに「我が事終れり」として消えていってしまうわけです。

そしてそのまま透谷自身もみずからの思想を夕暮れの中空に吊りあげたまま、明治二十七年五月十六日払暁、他界していってしまいます。

（この稿は一九八八年十二月四日、東京都町田市「自由民権資料館」『透谷と美那子展』に寄せた講演に多少の訂正と削除をしたものです。）

4. 瀬沼孝彰

『小田さんの家』と瀬沼孝彰

作品の最初の一行、あるいはその作品のモチーフといったものは、どのような契機を発端にして立ちあがってくるのだろうか。

詩作品を創るという行為には、おそらくある個人的な理由が準備されている。詩が詩の方からこちらに近づいてくるのではなく、詩の書き手が詩の方へ近づいていったとき詩作品ははじめて成立する。そのひとが、その一行を書きつけ、作品を完成したとしよう。そのときそのひとは、その書き言葉の集積を前に、はたしてどのような表情をつくるのだろうか。

処女詩集を読むということには、そうしたそのひとの持ちつづけてきた神話性といったものを読む歓びがかくされているのかもしれない。それはある種の残酷な歓びといってもよいだろう。神話の構造もしくはそのひとの人生を解いてゆく残酷な歓び——、しかし、わたしはこの瀬沼孝彰の処女詩集『小田さんの家』を前にして、正直にいえばいささかな戸惑いをかくせないでいる。それは瀬沼孝彰との交遊がすでに三十年ちかくにもおよんでいるということもあるし、この詩集のⅡ部の詩集がわたしたちやわたしたちの遊び仲間が過ごした八王子の東浅川周辺に題材をとっていることにもよる。つまり、わたし自身がむしろその神話の構造のなかに組み込まれてしまっているからなのである。

瀬沼孝彰の処女詩集『小田さんの家』を読みながら、そうした戸惑いとは別に、わたしは十年程前に創刊した同人詩誌『測鉛』(一九七七・九・一)のことを思い出していた。ちょうど『測鉛』創刊の準備におわれていたのが今頃の季節であったことと、瀬沼孝彰の詩作品のいくつかに当時の編集後記を書いた頃のことを思い起こさせるものがあったからだろうか。ちょっと長くなってしまうが、懐かしいので創刊号の「後記」を紹介しておこう。

七月三十日、『測鉛』創刊号の最後の集まりも終って夜中の一時頃、僕らは八王子市を流れている浅川の河原へ散歩にいった。ちょうど満月で、河原に降りたつと、流れに沿って月見草が咲き乱れていた。その夜は、「口あたりの良い」カティサークで酒盃をあげたので度を越した何人かが、おもいきり文学的になって、誰かの詩句を頻りに叫んでいた。川面にうかぶ街灯りと夏草のいきれで、皆、少々センチメンタルな気分になっていたのかも知れない……。帰りには、堤に密生する月見草にかこまれて、ほとんど黙りこくってしまった。

（『測鉛』後記）

『測鉛』には創刊同人として五人の名前があるが、その中に瀬沼孝彰の名前がないのは、彼が当時赤木裕介というペン・ネームを使って、主に小説や短歌を発表していたからなのである。この「後記」の中で、「口あたりの良いカティサーク」といっているのは、たぶん瀬沼孝彰で、その夜彼は「口あたりの良い」を繰り返しながら酒盃を何杯も重ねていたように思う。八王子の駅前あたりの呑み屋で何人かの幼なじみと連れだって飲んだ後は、ふらふらと歩いてよくこの東浅川の河原へ降りていったものである。暗い川音をききながら何時間も話し込んだり、酔余に流れの中へジャブジャブと入っていったこともあった。

この夏は、まだ八王子の家にも帰っていないので、はたしてあの頃咲き乱れていた月見草が河原に咲いているかどうかはわからない。聞くところによると、月見草はここ数年東京周辺では見られなくなっているともいう。あるいは彼がその詩の中でも書いているように、河原はブルドーザーによって整地され「管理」されてしまったので、あの月見草にはもう咲く余地さえも残されていないのかもしれない。

いずれにせよ、わたしたちとわたしたちの仲間との遊び場所であったこの東浅川周辺や安土山には昔日の面影がほとんど残されていないのだ。

「わたしは記憶の底に生きる風景が変わりはてている現実を直視するのが、恐かったのかもしれない。」(「山人たちの森」)と、様変りしてしまった風景を前に、瀬沼孝彰は恐れをいだく。たしかに、「風景と自分とが一つに重なるような気がする」(「東浅川にて」)という彼は、なにものとも名指しようのない力によって「管理」されてゆく風景に仮託された自身の姿を映しだそうとするのかもしれない。それは、呪詛や怨念にも似た言葉として彼の作品の随所に登場する。

空には目や口のかけた死児共があふれ
川はにぶく光りながら
地の底に流れていく

酔いどれた脳の上に無数の犬の首が次々に突き出てくる。おびえた神経のように延びてくる。のびてくる。

（「野犬」）

この場所も近いうちに土のグランドになってしまうかもしれない。人は堤防を改築し川の流れ方をも思い通りに管理しようとする。しかし、台風がくれば川は氾濫し人間の努力を嘲笑するように違う方向に流れ出してしまう。

（「東浅川にて」）

（同前）

「目や口のかけた死児」のイメージ、あるいは人間の努力を「嘲笑」する川の流れといったイメージは、原初的なものや無垢なものが深く傷ついた姿で風景の中に無理やりおし込められているかにみえる。それらのイメージは一見すると作品そのものの流れさえも破壊しかねないほどだ。しかし、それと同時に風景である「川」はそれらの暗いイメージを連れて新しい風景の中へと逆流しようとする。呪詛や怨念が、作品の中で本質的に呪詛や怨念として機能することはないのだ。

このことはまたあとでふれるつもりでいるが、わたしがここでいっておきたいのは、それはまさに彼の人がらと人格によっているのだということなのである。少年の頃から、彼の人がらと人格は、その純粋性と無垢さにおいて変わることがなかったし、今度のこの詩集『小田さんの家』においても、そうした彼の人がらや人格からにじみでてくるものが深く影響しているからなのだといえよう。

さて、瀬沼孝彰の処女詩集『小田さんの家』は二つのパートによって構成されている。

Ⅰ部は、いわば人名詩篇といっていいもので、それぞれの人物の特徴を表わした渾名を持つ。そしてそれらのひとびとはその渾名のとおりの、かくれたひそかな愉しみを持つひとたちとして登場する。またⅡ部の方では、この場所から立ち去ってゆこうとする者と喪われてゆくもの、もしくは喪われてしまったものが描かれている。そして、それらの重奏するテーマが個々の作品の中に重なるようにして織り込まれてくるのである。

白い陽光が
にじみながら、窓からさしこむ

ガリ版印刷機の置かれている
粗末な部屋の隅の椅子に
彼は、腰をかけていた

失語さんの石森さん。苦しげにあえぐコウモリ
仕事以外の時間は、この部屋に閉じこもりほとんど、
他の職員とは話さない不器用な石森さん
でも、なぜかわたしとは気があい
親切にしてくれた
渇いたくちびるを萎縮させて
棒のように立っているわたしに
石森さんは、穏やかな表情をひろげ
いたわるように声をかける

(瀬沼さん、やめるんだね……
(でも、将来のこと考えたら

（瀬沼さんは、ここにはいないほうがいいよ
（おれなんか、どこにいっても運転手だし
（どうにもならないけどね

よく日焼けした大きな顔に
恥ずかしそうな笑顔が浮かぶ
（廃品回収、失語症の石森さんか
（瀬沼さんがいなくなったら、もう話す人も……
（でも、ペラペラしゃべって
（失語しているよりも、ましだよな
（さよならはいうなよ
（寂しすぎるよ

——（中略）——

わたしは

何を話してきたんだろう石森さん
日々にちぢみ
本当に失語していたのは、自分ではなかったか……
赤面する胸のうちに
苦《にが》いいたみがこみ上げてくる

（「石森さん」）

ここで立ち去ってゆこうとするものは「瀬沼さん」なのだが、「失語さん」と呼ばれているのはむしろ石森さんではなく、「渇いたくちびるを萎縮させて／棒のように立っているわたし」なのだということがわかる。社会的には疎外されることによって失語症になったり、「山名さん」のように「仕事さん」になったり、屋上で一心に望遠鏡をのぞく「中川さん」になったりするのだろうが、瀬沼孝彰の視線はそうしたひとたちの人生の方に自らが近づくことによって、そうしたひとたちが呪詛しようとしたそれぞれの人生や社会を逆に疎外し批判しようとする。「社会」とか「人生」とかというい方でいうと妙に直線的で軽薄ないい方になってしまうが、瀬沼孝彰自身はそんなことは充分知っているのである。だからこそ、「失語さん」は「自分ではなかったか……」といっているのだし、作品に登場する人物たちにひそかなかくれた愉しみを与えたり渾名を与えたりするのは、そのことによってそのひとたちの人生の全てがわかってしまうように作品そのものの構造の中にあらかじめ仕組まれているからなのだ。

「職場の同僚に空言男とばかに」されている「石井さん」は、

（おれのこと誇大妄想ていっているんだろ
（知っているんだよ
（みんな、ちゃんと生きているんだろうな

（気配をけして
（どこかにいければいいんだけど
（一人だけで、そっとね
（おれの空言のように
（瀬沼さんはよく考えているんじゃないのかい
（仕事をかえたって

（「石井さん」）

（自分や家族はやめられないし
（同前）

「（みんな、ちぁんと生きている」人生とはいったいどういう人生を、生き方をいうのだろう。わたしたちにはむろん「（仕事をかえたって／（自分や家族は」やめられない人生しかないのである。そんなとき、瀬沼孝彰はイラ立つような口調で、

日のしずくが散りおちていく
脳の襞に（冷たい音楽の指さきがのび）
死顔、死顔、混濁する空
（同前）

などと、思わず叫ばずにはいられない。
瀬沼孝彰自身が寄り添ってゆくのか、「石井さん」や「中川さん」たちが寄り添ってくるのか、ときとしてそれが密着しすぎてしまうばかりに、言葉が作品の流れから、あたかも作品という制度から「川」が氾濫するように、言葉がはじかれてしまうきらいが

あるということも一方では否定できない。そのことは逆に、現代に生きるわたしたちの、いみじくも彼自身がいっているように、「魂のふくろ」が充血しすぎているせいではないのかと思われる。

わたしたちはこの日々をあまりにも充血してしまった「魂のふくろ」をかかえながら生きざるをえない宿命にさらされているといってもいいのだ。それは、彼の言葉をかりていえば「アンヤミに／一人だけでふるえている／いたい、いたい、魂のふくろ」なのである。

言葉はもともと他者を内在している。

わたしたちは解読されないままの様々な〈他者〉を内側と外側にかかえざるをえないその両義性に生かされているのだし、ひとたびそのバランスを崩してしまったとたん、それらの他者と名指された何者かによってたちまちのうちに異化されてしまうのである。

ここではまさに他者と自己とがあやうい均衡を保ったまま異化されることを拒絶しているのだといっていいだろう。

くすんだ洗面台の前で

細い身体をまるくかがませ
吉田さんが手をあらっている
何かにつかれたように
白い指先を凝視し
なまめかしく水とふれあう

わたしも家の中で
手を洗う回数が多くなった
――（中略）――
流れ出す水に手をいれる
冷たい感触に、指先がかすかにしびれ
鬱蒼と生い茂る脳のドアがひらいてくる
指をからめ、丹念にこする
ふくらみの血が上気してきて
あの女の花心のように

（「吉田さん」）

水と皮膚が柔らかくふるえ
スベスベと脈うつ
鮮やかな息がしぼんでいた心に吐きかかり
銀色の魚たちとわたしの手が
水しぶきを上げ
少年のようにうごいていく

（同前）

「吉田さん」のひそかな愉しみ、まるで目を細め気持ち良く愉しんでいる「吉田さん」の姿が浮かぶようだが、その愉しみは「わたし」にとってはエロチズムへと変容していく。いい換えれば、自己喪失の歓びといってもいいかもしれない。だがそれは自己喪失へと至るまでの愉しみで、本質的な自己喪失を獲得することはできないのだ。

いつでも
剝がれない皮膚が蒼ざめてみえる
血がたれて

耳元に
きしむ日々の音がおしよせ
洗っても、洗っても
こびりついてくるものがある

（同前）

痛みとともに、「わたし」はふたたびこの現実へとゆり戻されてしまう。瀬沼孝彰が、ジャズやハードロックの方へ閉じ込もるようになったのは、いつの頃からだろうか――。

Ｉ部の詩篇のいくつかにみえる訳詞口調は、人物への仮託あるいは風景への仮託といった位相と同一の訳詞口調への仮託といえる。そうしたハードロックの口調やリズムには彼のイラ立ちがうかがえるのだが、まだ充分とはいいきれないもどかしさが残っているように思われる。

シンシンとわたしの脳の奥にふりつもる落葉。その一つ一つの葉脈のドアから未知の声があふれ出る。何かを伝えようとする山人たち、森の血と声でいっぱいになった身体が軽くなる。
剥製になった脳の闇から、わたしはワタシをとりもどすのだ。

（「山人たちの森」）

Ⅱ部はいわゆる散文詩が中心になっている。わたしはこのⅡ部の方の詩篇に愛着をおぼえるのだが、特にⅠ部の佳篇「吉永さん」に対応するように置かれた美しい詩篇で表題作でもある「小田さんの家」は最も好きな作品である。「吉永さん」にしても、「小田さんの家」の小田さんにしても、作者と登場人物との交歓に哀切な美しさを感じる。それはまさに、瀬沼孝彰の人がらや人格のなせるわざで、登場人物が彼の前では無防備なほどに自己解放をおこなっている。そのことは彼が風景の前で、「ドア」を開き、気持ちよく「ワタシ」をとりもどすことができるのと同じなのだ。彼は、風景の前で、喪われてしまった以前の自分を発見する歓びにひたっている。

先にもいったが、Ⅱ部ではこの場所から立ち去ろうとする者や喪われてしまったものが描かれている。冒頭の「野犬」では、父権を喪失してしまった「父」の姿が。「父」をとり戻そうとやっきになっている父親の姿を――、「（あの人は自分を捜しているんだよ／（逃げる場所どこにもないのにね」と母はいうのだが、空白の「父」に対して「わたし」は、その空白を埋めるかのように「犬」を殺さなければならない。

恐怖を感じながらも懐かしく、自分の憎悪や魑魅魍魎を生き生きと解放できる場所。ここでなら思いきり石を投げることも、現実世界を切り裂くような妄想にふけることもできる。——（中略）——この地はわたしたちが満足に葬られることもなく処刑されていった人々の住むもう一つの彼岸と、交感することのできる場所であったのかもしれない。

（「死人たちの土地」傍点＝井上）

「もう一つの彼岸」とはいったいなんだろう。記憶から喪われた風景を一つの彼岸とみたてれば、その向こう側にある「もう一つの彼岸」のことを指しているのだろうか。彼は、幾重にも重なった「ドア」の彼方に立ち去った者、喪われてしまったものの姿をみようとする。それが祈りなのか、あるいは救いなのかは明らかではない。

幻影なのか、一人の老女が鍬のようなものを手に持ち暗闇に立ちつくしている。

小田さん。

その横顔はわたしの母のようにも見える。
歳月に耐え、いためつけられてきた母たちの顔。

静まりかえった暗闇の中
淡紅色の花弁は散りくるい
一人の老女が
荒れはてた焼跡の上に向かい
何回も、何回も、鍬をいれている。

これは、「小田さんの家」の最後の部分だが、「東京都」から立ち退きを要求され、どこへともなく消えてしまった小田さんが、自から火を放ったのか自分の家の焼跡にふたたびもどってきて、戦後の焼跡を自分の手で整地して住みついたように、ふたたびこの場所をたがやそうとしている。それは美しい幻想なのかもしれないが、しかしそれは瀬沼孝彰の祈りなのでもある。

わたしははじめに、詩作品を創るという行為にはある個人的な理由があるといった。

そうしたいい方はすこし断定的すぎるのかもしれなかったのだが、それには、その停止あるいはその終熄もおそらくは個人にかかわる輻輳した理由の重なりがあるのだという含みを持たせたかったからなのだ。

わたし自身、ひとに語ることも言葉にすることもできえなかった様々な「理由」によってこの三年程の間、詩作品を創ることもましてや他人の詩作品にふれることからも意識的に遠ざかっていたからなのだ。あえて自身に禁欲的な意味を枷せるようにし、交友からも「音信不通」というかたちで遠ざかっていた。そうした間、瀬沼孝彰はわたしに詩を創るよう折にふれて助言してくれた。

禁欲的であることと自堕落であることはまったくといっていいほど表裏一体だったのである。そのことを、この瀬沼孝彰の処女詩集は、わたしに気づかせてくれたのである。

彼方の人

——瀬沼孝彰詩集『ナイト・ハイキング』にふれて

恋愛はその人を創造し、ときとしてその人の人生を幻想させてしまう。新しい自分を二重に出現させてしまうという至福と不幸とに遭遇することになる。そもそも恋愛はプロセスであることが多い。かならずしも恋愛という成就のかたちに達成するとはかぎらない。ときには分裂した自己の救済であったり、ときには激しい自己分裂をともなうことがある。人はそのとき美しく世界を喪失し、そして再構築しているのかもしれない。恋愛はたえまなくその人を創造するプロセスである。

この瀬沼孝彰の第二詩集『ナイト・ハイキング』は、いわば幻想の彼方からの回帰と再生の物語であるのだといえるのかもしれない。もちろん、ここでいう幻想とはいうまでもなく恋愛という関係性の幻想である。

一人の小柄な男がサックスを吹いている
切れ切れのメロディで奏でられる越後獅子
激しく、ふりしぽるように
男が
彼方の音になろうとしている

――「新宿の桜」（部分）

「激しく、ふりしぼる」ようにしか「彼方の音」にゆきつくことができないのだとしたら、恋愛によって喪失した世界からの回帰は至難といわなければならないだろう。詩集の冒頭におかれたこの作品は、詩集全体を象徴するかのような苦渋と断念に満ちた、美しい抒情を奏でている。

二月の夜空に桜の花が散っていく
いや、そうではない
新宿の桜が花を散らしているのだ
夜の日射しの中で

一枝、一枝がふるえ
赤い花弁をふらせてくる
死んでいった友だちが見える
もう、会うことのできなくなった
あなたの泣き顔がじっと見つめている

——「同前」

引用部分の一行めは、ただの風景の意思である。しかし、二行めで、詩人はその風景を否定してみせる。「いや、そうではない／新宿の桜が花を……」と、いいなおしている。あたかもそこには、「桜」の意思がはたらいているかのようだ。実は二月に桜が散るはずなどないように、詩人の意思がここでは花を散らしているのだ。さらにいえば、「もう、会うことのできなくなった／あなたの泣き顔がじっと見つめている」、そのとき詩人の視線は「桜」になってしまい、創造した幻想との交感がおこなわれる。

しかしこのなかでも詩人は回帰し再生することはできない。

やはり、「わたしは／今夜も宙吊りになって／新宿の桜の下にくる」ことしかできないという。

ところで、この『ナイト・ハイキング』は三つのパートによって構成され、各パートごとにそれぞれの街（あるいは市）の頭文字が付されている。「Sの街」というパートの大部分は恋愛詩であるが、わたしはあえてその不可能性を強調してきたとおもう。なぜそうなのかというと、この作品のなかの男女が「探す」ことに終始していること、あいまいな「彼方」を夢見ていること、あるいは過去に帰ってゆこうとしていることに執着しつづけているからなのだ。

この街の彼方
もう少し、もう少し歩けば
命の夕陽が見えるような気がする

——「夕陽まで」（部分）

壊れたふりをして
いったい何を探しているのだろう

——「約束」（部分）

気がつくとわたしも少年にかえり、あなたの手をかたく握りしめている
あなたの少女の顔が一瞬輝き、しびれるような気持
この道をいつまでも二人で歩いていこう

――「コンクリート・リバー」(部分)

これらのことばはあらかじめ断念された世界からの表出である。その恋愛という関係性の「彼方」に失われることをよぎなくされた世界である。美しく喪失された現実(=幻想)なのだ。しかしそのなかに詩人はかつて身をおいていた。だからこそ「Mの街」では、「この場所にボウとたって/親しい友たちの前にも/境界線を引き/いたんだ密室にひきこもる」と宣言し、それでも閉ざされた現実を見つめつづけることによって「でも/これからがナイト・ハイキング/壊れた/埃だらけの部屋から/わたしの夢をとりだすんだ」(「ナイト・ハイキング」)というふうに変わってゆく。

この「Mの街」では、関係性から脱することでの自己回復を渇望している。それは最後のパートである「H市へ」という呼びかけにもうかがえるし、また「彼方」ということばの使い方の変容によっても理解できるだろう。「すっかり猫背になっていた背すじ

がのび、彼方の青空に溶けていくように思われた。」(「廃品たちの川」)。

もうここには「宙吊りになっ」た「わたし」は、既にいない。「かけがえのない路上の友たちよ／ゆっくりと／背中の重荷をおろして／歩いていこうよ」(「スクラップ通信」)。詩人はこの詩集の最後をこんなふうにしめくくっている。おそらく、これは新しい「彼方」を創造するための呼びかけなのだろう。

瀬沼孝彰の思い出——神楽坂まで

四十二歳で他界した瀬沼孝彰の死が若すぎる死なのか、あるいは一つの生を全うした死なのかわたしには分からない。いずれにしても、その死は不慮の事故によって突然に訪れ、世界や社会、残されたわたしたちとの関係性さえも唐突に絶ってしまったのだ。

わたしは生きつづけることによって生まれる幾つかの関係性の障害に耐えられないことがしばしばある。そのことの重さが自ら招いたものだとしても、その「自ら」を嫌でも、肯定的に受け止める以外今のわたしには考えられないし、そのことの苦痛にときとしてさいなまれ、どうしようもない憂鬱の森に迷い込むこともある。

今度の瀬沼の死もまた友情という関係性をあまりにも唐突に絶たれ、時間を経るにしたがいその喪失感はますます深まっていくように思う。

瀬沼は八王子市の大和田町という所で一九五四年の一月に生まれ、わたしは五三年の十二月に生まれた。当時の八王子のその地域は、見渡すかぎりの水田で、瀬沼家とわたしの家とはほんの百メートルほどの距離にあった。その当時からの付き合いだから、もうすでに四十年近くの付き合いになろうとしていた。小学校、中学と一緒で高校は別々になった。それでも高校時代はおなじアルバイトをし、バイトの休憩時間などは浅川の川原で、そのころ彼が読んでいたフロイトやボードレールの話、バルザックの長編小説の話などをしていた。彼は、大学は中央大学の経済学部へ進み（本当は仏文科へ行きたかったらしいが）、わたしは福生市の近くの書店でアルバイトをしながらアパート暮らしを始めた。わたしはおそらく彼の影響でその頃から詩を書きはじめ、同じ頃から瀬沼とともに酒を呑むようになった。

瀬沼の卒業を待って、七五年から詩誌『測鉛』創刊。メンバーは、彼の大学時代の友人の志木沢透（浜田孝之）のほか松田真澄、田中道子、後に青木則実が参加し、松田のアパートがあった高円寺を拠点に七九年までに七号まで出すことになる。その頃彼は、赤木裕介のペンネームで小説「スピリチュアル」や短歌、本名で詩を次々発表した。マルクスを読み、瀬沼が漫画を描きはじめたのもその頃からだった。実際彼は、漫画雑誌の『エロトピア』や『大快楽』に原稿を持ち込んだらしい。

その後瀬沼は神楽坂の赤城神社のそばでアパート暮らしを始め、新宿と八王子との往復と交歓がはじまる。瀬沼孝彰という詩人のかたちが少しずつ創られていった。

死んだ瀬沼孝彰

瀬沼孝彰の突然の訃報から、数週間がすぎた。それは、肌寒い夏の終わり、前夜の雨を引きずるように空はどんよりと曇っていた。

死は、時として強引なまでに季節を変えようとする。今度の死もまた、わたしには唐突過ぎるくらいに季節の変化をもたらした。なかなか実感できなかった一つの死が、忍び寄る秋の気配とともに、わたしの思い出の秩序を徐々に「実感」として変えていったように思う。

瀬沼孝彰は、死んだ……。わたしの目前でその肉体の死と引換えに、在った日々の思い出と魂だけを残して、彼岸の人となった。

思えば、瀬沼との交遊も四十年近くになろうとしていた。同じ八王子という場所で同じ時間を共有した、いわゆる幼なじみというやつである。友人とか幼なじみとかがどうやって選別され、どんな風にして長い交遊を続けていくのか、わたしには分からない。しかし彼が思春期を迎えるずっと以前から、あるいはのちに詩人となるずっと以前から、瀬沼孝彰はわたしにとってかけがえのない友人だったのだ。

ごく幼いころは、彼の作品にしばしば登場する浅川や弁天沼で、あたりが暗くなるまで遊び回っていたものだ。その頃わたしたちは自然に溶け込み、自然を支配していた。しかし後年——彼がその作品のなかで書いているように——わたしたちがやがて思春期を迎え自我に目覚める頃には、そうした原型の自然も、「宅地造成」あるいは「地域開発」という名のもとに少しずつその姿を変えていってしまった。

「東浅川にて」

ここはわたしのかけがえのない場所なのかもしれない。

でも、八王子の川原は日々生き物のように姿をかえているのも事実である。この場所も近いうちに土のグランドになってしまうかもしれない。人は堤防を改築し川の流れ方をも思い通りに管理しようとする。

瀬沼は、一見するととても従順そうな好青年のように見える。そして事実彼のなかには、社会や家族あるいは日常に対して人並み以上に律儀に対処しようとする倫理観が備わっていた。そのことはおそらく生前彼に接した多くの人が思っていたことだと思う。しかし、そうした一面と同時に彼のなかには、管理され束縛されることに対して激しく呪詛する何物かが存在していたように思う。それは、彼のなかで無意識に存在していたのではないのだろうか——。

一言でいえば、彼のなかの「自然」、もしくは「天然」がそうさせていたように思う。生前幾つかの職業を経験し、そしてどこの職場にいても彼の視線は勤勉さ生真面目さに対してだけ敏感に反応していた。それは彼の思想でも哲学でもない。彼のなかの天然の律儀さ倫理観がそうさせていたのだ。だからその彼のなかの「自然」を蹂躙するモノに対しては、敏感に反応したのだ。作品のなかに自分の魂を封じ込めるように……。

（気配をけして
（どこかにいければいいんだけど
（一人だけで、そっとね
（おれの空言のように

（瀬沼さんはよく考えているんじゃないのかい
（仕事をかえたって
（自分や家族はやめられないし
（難しいよな……

「石井さん」

瀬沼は「負」の位置にある人々や自分を常に問題にし、作品化していった。しかしそれは、かれの視線があらゆる世界に対して平等であったということだ。そして彼の目には必ず真実が見えていたのではないだろうか。そのことにおいては、彼は勝者だったのである。

確かに、瀬沼孝彰は死んだ。

わたしたちの前から立ち去った。そしてわたしの前からも永遠に立ち去ってしまった。

わたしにとってその死は、人生の唯一の目撃者を失ってしまったという深い喪失感とともにある。わたしは何度も彼に救われたのだ。

告別式の後、彼の親父さんがわたしに、「井上くんには孝彰がながいあいだお世話になって……、本当にありがとうよ」と言われた。わたしは「こちらこそ、本当に……」と言おうとして、そのままことばが詰まってしまった。

二つのハート
——瀬沼孝彰の思い出

1

八王子はもともと沼沢地で盆地である。

市のほぼ中央には、浅川が流れ、甲州街道と日本のシルクロードといわれている国道十六号線が横浜と群馬を跨いで交差している。夏は暑く、冬は寒さの厳しいところである。沼沢地たる所以は、いまでもあちこちに小さな沼や湧水の痕跡が残されていることからもうかがい知ることができる。

そのせいもあってか、八王子には「沼」や「沢」のつく名字の家が多く、なかでも沼上、菅沼、瀬沼など「沼」の名字にはいわゆる旧家・名家が際立っている。今でも、JRの八王子駅の駅前通りの街路樹には桑の木が使われていて、僅かにその面影を残しているが、八王子はかつて絹織物の町としても知られていた。「沼」の名字の家が、旧家・

名家といわれているのは、絹織物に何らかのかかわりをもっていた家であるということも理由の一つに挙げられるかもしれない。

　昨年の夏の終わりに、不慮の事故で他界した瀬沼孝彰の家もまたその一つである。瀬沼やわたしのごく幼い頃は、わたしたちの住んでいた大和田町は、一面を田畑と桑の木に覆われ、方々にあの機屋（ハタヤ＝織物を織る織機を置いた工場と人家の間ぐらいの規模の家）独自のくすんだ赤いノコギリ屋根が点在し、女工さんたちの働く姿が見られた。

　それもしかし、わたしたちの成長とともにそんな風景は少しずつ消えていった。一説によると、戦後のいわゆる「ガチャ万景気」（＝織機を一回ガチャンとやると、万札が零れるといわれるくらい絹織物が売れたころ）の時代、粗悪品を排出してしまったために、八王子の織物は衰退したともいわれている。

　機屋は、その広い敷地の一角で別の商売を始めるか、宅地として切り売りしていくことでしか凌げなくなってしまったのも事実である。「宅地造成」という名のもとに山肌は削られ、田畑もじょじょに埋め立てられ、織物を晒した川も整地されていった。


　急坂になってきた道は次第に幅を狭める。ここを越えれば広い野原に出るはずであった。わたしは足に力をこめて、坂道を登りきった。
しかし、そこはわたしの記憶の奥に焼きついている野原ではなかった。これから家が建てられるのだろう、切り崩された土地の隅にブルドーザーとクレーン車がおかれている。
寂しく残された木製のベンチに横たわるわたし。

これは瀬沼孝彰の第一詩集『小田さんの家』（一九八八年十月十五日　七月堂刊）に収録されている「山人たちの森」の一節。「木製のベンチに横たわ」ったあと、失踪した友人の柏木が年老いた父の姿に変わって「悲しげな眼でみつめている」のをみる。「わたし」は「声を上げてたちあがろうとするが、歩けない」その後、柏木は「二度とふり返ることはなく／濃い霧のたちこめる森の奥へ」消えていく。

わたしはなぜこの裏山にこなかったのだろう。少年時代に柏木と毎日のように遊びにきたここは、わたしたちの王国だった。その後、安土山と呼ばれるこの山は急速に姿をかえ、たくさんの人家が建てられてきた。わたしは記憶の底に生きる風景が変わりはてている現実を直視するのが恐かったのかもしれない。（同前）

シンシンとわたしの脳の奥にふりつもる落葉。その一つ一つの葉脈のドアから未知の世界の声があふれ出る。何かを伝えようとする山人たち、森の血と声でいっぱいになった身体が軽くなる。
剝製になった脳の闇から、わたしはワタシをとりもどすのだ。

（同前）

たしかに瀬沼やわたしが子供の頃は、安土《やすど》と呼ばれる山は深い森だった。小さなせせらぎや沼があり、深い緑に覆われていた。そこが子供の頃わたしたちには王国であったこともある。しかし、そこは単なる小高い山でしかなく、誰の幼いころにでもあるただの子供の楽園だったのである。

とはいえ、後の詩人瀬沼孝彰が特別な場所としてこれほどまでに執着するのは、八王子の「安土」や「浅川」が瀬沼の詩のメタファーとして見えてきていたせいだろう。そのことは、瀬沼にとってもう一つの街（場所）である新宿の存在が深くかかわっているように思える。

瀬沼は、記憶の底の風景に仮死の人々を埋葬しようとする。失われた自然のなかに、何かを失うことで現実の市民生活から脱落してしまった人々を埋葬しようとする。それが、瀬沼にとってメタファーとしての記憶の八王子なのである。

2

わたしと瀬沼とは四十年近くもの付き合いのあった幼なじみであった。そのことはもう何度も触れているのだが、もともとの資質が違う二人がこんな風に何年にもわたって友人として付き合ってこれたというのも不思議な気がする。

徒党を組み、近所のガキ大将に先導され、それこそ陽が落ちるまで遊んでいた頃から、あるいは少しずつ選別されていったのかもしれない。沼上励という、今はジャズのベーシストとして活躍している友人がいるが、この友人を含め三人がこの幼なじみの集団から選別されて残された。

十八、九のころから八王子の街を三人でぶらつきながら、居酒屋に入っては飽きることなく呑みつづけていた。高校を卒業して、すぐにジャズの道を目指した沼上が、三人兄弟の末っ子ということもあって、一番大人だったかもしれないし、話題も知識も豊富だった。後に瀬沼が、口癖のように「あいつはいいよな、好きなことで食えてさ……」

といっていたのを思い出すが、三人のなかでは、沼上が一番辛い思いをしていたのかもしれない。

それはともかくも、当時の話題は、ジャズと映画と漫画（劇画）だった。瀬沼は、『ガロ』派で、わたしは手塚治虫の「虫プロ」の主催する『ＣＯＭ』派だった。瀬沼の作品のいくつかにある幻想的なものは、劇画の影響がある。つげ義春や林静一、上村一夫などにかなり影響されているし、音楽の趣味も後にジャズからハードロック、レゲエと移行してゆくのは沼上の影響だろうと思う。いずれにしてもわたしたちは、メジャーに対して、嫌悪を抱き、わたしたちのカルチャーは、劇画と落語とジャズだったのだ。

わたしたちはしたたかに酔うと、冬であろうが夏であろうが浅川の堤に腰掛け、ひとしきり話しつづけ、話題が尽きると、瀬沼は靴のまま平気で川のなかへジャブジャブと入りこんでいった。

瀬沼は中央大学の経済学部に通ってはいたものの、ランボーやボードレールが好きで、仏文科へ行くことにこだわっていたし、沼上はジャズで将来食えるのか悩みつづけていた。わたしは誰にも内緒で、ある学生運動のグループの連中とつきあっていた。三人がそれぞれの饒舌と寡黙のなかにいて、一人一人が自らのなかに、青春という野獣を飼っていたのだと思う。おそらくそういう時代だったのだ。

やがてわたしは、二年間のブランクの後、学生生活に入り、瀬沼は経済学部の卒論に三島由紀夫論を選び、防衛庁に就職する。

3

一九七七年九月、わたしたちは、志木沢透、松田真澄らと『測鉛』という同人誌を創刊する。後に、青木則実、迪紗綾子らが加わる。

わたしたちははじめ神楽坂で呑み、その次の集まりでは、居を新宿のその昔青線といわれた区役所裏の飲み屋街で呑み、朝まで呑みつづけ、新宿の中央公園で管を巻いていた。しかし、それでもやっと創刊にこぎ着けたときにはやはり八王子で呑んだ。そのときは、ちょっと奮発してスナックでカティサークのボトルを空けた。瀬沼は、「やっぱりカティサークは口当たりがいいなあ」なんていいながら、ひたすら呑んで、最後には月見草の咲き乱れる浅川の川原で、なにやら訳の分からない詩の一節を叫びつづけていた。

わたしにとって、一九七五年に自死した立中潤は、未だに死に切れない死者であり、膿んだ傷口から血を流しつづける憎悪の死者だ。

これは、『測鉛』の7号（一九七九年十二月）、実質的な終刊号に発表された「死に切れないわたしの死者――立中潤論」という瀬沼が赤木裕介というペンネームで書いた、おそらく彼にとって最初の詩人論である。後の彼の詩のモチーフになる問題を多く語っているので、すこし長くなるがもう少し引用してみようと思う。

現実の日常生活。それは確かにみじめで不毛なものである。
自分の体験に引きつけていえば、わたしにとっての生活者のイメージは、朝会社に行くのを嫌がって泣いている父の姿であり、暗闇で包丁を持つ錯乱した母の憎悪だ。
不況下の国家独占資本主義体制のもとで、転職をくり返す生活者の内面につもるものは断腸の思いであり、死んでも死に切れない屈辱の念だ。（中略）
しかし、日常生活がどんなに卑屈でマイナスの札に満ちあふれたものであっても、詩も思想も現実との格闘の中から作りあげて行くしかない。（中略）
だが、今のわたしにとって現実も詩作も不毛であるが故に、逆にそれを放棄することはできない。放棄してたまるかと思う。

（同前）

瀬沼はさらに、この同じ立中論のなかで、「彼が評論の中で繰りかえし自問しているこの問題は、大衆からの遊離とともに、多くの人々がそのために苦悩し倒れていった戦後の革命運動のもつ克服しがたい悲劇である。」という。瀬沼もやはり、格闘していたのだ。やがて彼は、防衛庁を辞め、最初の神楽坂の下宿を引き払い、八王子の老人病院に勤めることになる。

『測鉛』時代は、赤木裕介というペンネームにこだわっていたが、彼の最初の個人誌である『ザクロ』を始めたころにはペンネームと本名とを使い分けるようになり、根本明、沢口信治らとともに創刊した『ＨＯＴＥＬ』（一九八六年四月）のころは、赤木裕介とは完全に決別する。

『測鉛』時代、かたくななまでに赤木裕介というペンネームにこだわり、その名前で短歌を書き、小説を書き、詩を書いた。あの世で瀬沼は怒るかもしれないが、赤木名で発表した作品の一節を紹介しよう。

吠えろ犬
職さがす父の犬
狂いだした母の犬
自分をかむ飢えた犬ども
もつれた手足
盲目にうごかし
飛び散る血
首のもげた虹色の曼珠沙華
地でくされ
くされ、くされ
ジリジリと
輝きをます
錆びたナイフ
喉
切り上げ
ふれあえるか

オレたちの顔
かざり立てた死面の制度よ

（「赤心」部分）

表現を捨て、まるで自分を取り巻く日常への呪詛のような言葉の羅列。それも内部の苛立ちをそのまま書き連ねたような裸の言葉で書かれている。赤木裕介の時代は、彼の内面とこころは常に何かに対する苛立ちと呪詛とで膨れ上がっていたのだ。ごくたまに酒量が過ぎるとその苛立ちはわたしたちにまで向けられることがあった。しかし二度目の新宿生活（牛込、矢来町）が始まり、何度かの転職の後、彼の作品に少しずつ変貌が始まる。

わたしはその頃、ある事情があって詩から遠ざかっていて、悶々とした空虚な日々を送っていた。そんなわたしの事情を彼は彼独自の思いやりから察したのだろう。自分の処女詩集の解説を書くようにと依頼してきた。わたしは、逡巡しつつその彼のやさしさにこころ打たれ、同時に、その詩集の作品を読んだとき、「ああ彼は全てを許したのだ……」という感銘を覚えた。おそらくわたしの生涯でこれほどまでに感動した詩集はないように思えた。

瀬沼は、はたして何を許したのだろうか。たとえば「父」であり、「制度」であり、自分自身であったのだろうと思う。そんな寛恕な広やかさが彼のなかに育っていたのだ。

瀬沼孝彰の処女詩集『小田さんの家』（一九八八年十月十五日　七月堂刊）は、いわば、わたし自身が救済された詩集でもあり、彼ももう一つのこころの在り処を発見した詩集だったのではないだろうか。

瀬沼は、八王子という土地で赤木裕介のこころを育て、新宿という仮の生活を送った場所で、本当の自身のこころの在り処を発見したのではなかったのか。ときに、八王子をメタファーにし、新宿という場所をメタファーにすることによって……。

最後に瀬沼と会ったのは、第三詩集『凍える舌』を上梓してまもなくだったろう。新宿のゴールデン街の「洗濯船」というバーで待合わせた。彼は、嬉しそうに、またあのいつものちょっとはにかんだような笑みを浮かべ鞄から第三詩集を手渡してくれた。その後、もう一軒行こうということになって、三丁目で女優の横山リエのやっている「GOD」に行った。そこで、詩集を開いて、ひとしきり話したあと、横山リエに「今度来るとき、一冊持ってきますよ」といい、終電だからと名残惜しそうに、帰っていった。

その夜が、瀬沼と会った最後になった。

初出一覧

追憶の殺人者　『狂った果実』から那珂太郎へ　『ＳＣＯＰＥ13』（１９８５年５月）
あなたとわたしともうひとり　他者論への《覚書》　『詩と思想34』（１９８６年９月）
時を創る力　阿部岩夫『月の人』　『ミッドナイトプレス』No.12（１９９２年11月）
過ぎゆく恋愛　金子千佳『婚約』　『ミッドナイトプレス』No.13（１９９３年５月）
ロマンという誤謬　阿賀猥『ラッキー・ミーハー』　『ミッドナイトプレス』No.14（１９９３年12月）
感受性の仮面　斎藤悦子「瞬間豪雨」にふれて　『飾粽』（１９９２年５月）
「おちんこたらし」と現代詩　『詩学』（１９８９年７月）
過剰の人　山口眞理子の人と作品　現代詩文庫解説（２０１６年３月）
川本三郎『都市の感受性』を読む　『詩学』（１９８６年３月）
二つの時間のはざ間について　『飾粽』（１９９１年10月）
詩を書くわたし　『感情４』（１９９５年２月）
反復する「いま」　『感情５』（１９９５年５月）
神への返還　詩人と社会　『感情11』（１９９７年６月）
人間の楽園　劣情とは何か　『感情11』（１９９７年６月）
現代詩のためのささやかな愚行　詩をどうやって手渡すか　『感情14』（１９９８年６月）
連れ込みとは何か　このやるせなさの行方　『ＮＥＷ感情２』（１９９９年５月）

何もしないこと　『ＮＥＷ感情１』（１９９８年11月）
ブルース　石川啄木の『時代閉塞の現状』を読んで　『ＮＥＷ感情１』（１９９８年11月）
感覚の避暑地　角川文庫版『立原道造詩集』　『感情２』（１９９４年７月）
壱拾壱、「詩の」事件あるいは情死劇　『現代詩手帖』（１９８４年８月）
（墓場の）鬼太郎様　『現代詩手帖』（１９８５年４月）
かなわぬ恋の構造　『窓下楽』（１９７９年１月）
愛の「病」の領域　『測鉛』７号（１９７９年12月）
【講演録】北村透谷　恋と内部生命の展開　『民権ブックス２』（１９８９年３月）
『小田さんの家』と瀬沼孝彰　『瀬沼孝彰第一詩集』解説（１９８８年10月）
彼方の人　瀬沼孝彰詩集『ナイト・ハイキング』にふれて　『交野が原34』（１９９３年５月）
瀬沼孝彰の思い出　神楽坂まで　『ＨＯＴＥＬ』（１９９６年12月）
死んだ瀬沼孝彰　『ミッドナイトプレス』№20（１９９６年12月）
二つのハート　瀬沼孝彰の思い出　瀬沼孝彰『夢の家』解説（１９９７年８月）

あとがき

いわゆる青春のころ、わたしにとっては七〇年代ということになるのだが、自分をとりまく世界とか社会に対して、なんともいえない漠然とした違和感を覚えていた。

高校は卒業したけれど何もすることがなく、けだるい生活のなかで、一人でいたいという気分と誰かとつるんでいたいという気分のはざまで浮遊していた。そんな生活がつづいて、ふたたび学生生活を始めるのだが、当時の大学は学生運動の終焉とともにかなり荒んでいて、やりきれないほどの閉塞感と喪失感がせめぎあっていた。試験はほとんどレポートだったし、ロックアウトで授業に出ることもままならなかった。なんだかこのコロナ禍の時代との奇妙なほどの相似を感じる。

そんななかで、わたしはいくつかの詩の同人誌を経験し、二十代の終わりに最初の詩集を上梓した。ことばの構造が何かを見つけさせてくれるような期待感を与えてくれたのかもしれない。

今回この過去の雑文集をまとめようと思い立ったのは、会社経営という困難な仕事に一区切りつけ後進に譲り、再度ことばの世界の可能性にゆだねようと思ったからだ。

はじめは、わたしの詩集を何冊か作ってくれていた岡田幸文氏のミッドナイトプレスにお願いしていたのだが、岡田氏が突然逝去されてしまい、その希望は果たすことができなかった。そんな経緯を経て、ルール違反を承知のうえで、自社の出版部に頼むことにした。

なお本文のなかに「当時」とか「あの頃」という言い方が頻出するが、原文のままとしたため読者には煩わしさを強いるようだが、「初出一覧」を参考にしていただければと思います。

最後になってしまったが、この古い雑文集を作るにあたって、会社のスタッフに多大な迷惑を与えてしまったこと、感謝と深謝。

２０２１年４月　井上弘治

かなわぬ恋の構造

2021年5月28日　　第1刷発行

著者　井上弘治
発行者　井上弘治
発行所　駒草出版　株式会社ダンク出版事業部
〒110-0016
東京都台東区台東1-7-1 邦洋秋葉原ビル2階
電話 03-3834-9087
https://www.komakusa-pub.jp/
印刷・製本　シナノ印刷株式会社

ISBN978-4-909646-41-5